Alexander Sergejewitsch

Der Herr der Zedern

oder

Ritt

zum

Jüngsten Gericht

dritter und letzter Schauerroman
der Trilogie »Malerei & Musenkraft«

Das Ende

Einer Fantastischen Geschichte

Bibliographische Informationen der Deutschen Nationalbibliothek:
Die Deutsche Nationalbibliothek verzeichnet diese Publikation
in der Deutschen Nationalbibliographie, detaillierte bibliographische
Daten sind im Internet über http://www.dnb.de abrufbar

Herstellung und Verlag
BoD – Books on Demand, Norderstedt

ISBN 9783748131410

Zurück in Paris

Auf nach Combourg !

Bérnard, Hélène & Adélaïde
erklimmen
das Attika-Geschoss

Schatten an der Wand
&
die Prophezeiung eines alten Monsieur

— fin —

DRAMATIS PERSONAE

MADAME HÉLÈNE
Ehefrau von Professor Bérnard
Parfumeuse vom Place Victor-Hugo, neue Herrin auf Schloss Natalia
(Kunigunde, Botticellinische-Venus, Caravaggio-Madonna, Santa Maria,
Pygmalionische Statue, Statue aus Poesie u. Licht / ihr Pferd = Cunégonde)

ADÉLAÏDE DELACROIX
Sapphische Freundin der Hélène aus Santo Domingo
Schönheits-Opérateuse
(Adelheid / ihr Pferd = Martha)

PROFESSOR BÉRNARD
Direktor des Louvre, Professor an der Sorbonne,
Ehemann der Hélène
(Louvre-King, Sorbonne-Boss, wolfsumworfener Ritter, Kunibert, King, Anführer, Pygmalion,
Rotwildjäger, Lanzenschwinger, Königsdiener / sein Pferd = Cunébert)

NATHALIE
geschiedene Frau von Professor Bérnard

CATHERINE
Tochter von Professor Bérnard mit seiner ersten Frau Nathalie aus Jekaterinenburg

PAUL
Deutscher Ehemann von Catherine
(Komischer Heiliger, Pyotr-Verschnitt, Pyotr-double, Paul d`Allemagne)

MADEMOISELLE MADELEINE
Haushälterin von Professor Bérnard auf der Île de la Cité (Paris)

PROFESSOR VAKULENKO
emeritierter Professor der Kunstakademie Jekaterinenburg
Professor von der Isset (Fluss)
FRAU PROFESSOR VAKULENKA

PROFESSOR STROGANOVICH
Russischer Porträtist aus Moskva (Moskau), von der Moskwa (Fluss)
FRAU PROFESSOR STROGANOVICHA

Alexander Sergejewitsch

HERR DER ZEDERN
Maler Diego Rodríguez de Silva y Velázquez (1599 bis 1660)
ominöse Stimme aus dem Jenseits
(schnurrbärtiger langhaariger Spanier, Langhaardackel,
enigmatischer Spanier, Hoher Herr)

BUTLER HEINRICH
Kammerdiener der Hélène
(Dr. Caligari)

DOKTOR FAUSTUS
Geheim-Laborant, Experimentator

FRANÇOIS-RENÉ DE CHATEAUBRIAND (1768 bis 1848)
Politiker & Schriftsteller
(Edler Herr, Schatten)

Figuren aus »Hélène Das Geheimnis der Falschen Mona Lisa«
INSPEKTOR LE TROU
Kommissar der Pariser Präfektur
DR. FALCNONI
ermordeter Kunsthändler aus Chicago
ALESSANDRO DE KANDINSKY
früherer Freund der Hélène (Masken-Monster, Alessandra, Tunte, Tunten-Nuss)
MONSTER
vom Leben enttäuschter Masken-Fantast & Bewohner eines Unterwelt-Bunkers
CLAUDIO DA PALERMO
Sizilianischer Maler (Kopist, Komischer Heiliger von Brechungs-Index-Akademie)

Figuren aus »Rückenakt einer aus dem Wasser steigenden Nymphe«
SIR WALTER
(Oberst Hans Walter außer Dienst, Sir, Lamettta-Heini, Lametta-Opa)
FÜRST ALEXANDER VON KANDINSKY
(Russischer Avantgardist)
BERNARDO VON PALERMO
(Sizilianischer Maler der »Falschen Mona Lisa«)
NATALIA DOMINA
(Mona-Lisa-Modell des Bernardo von Palermo)
BUTLER HEINRICH
(Kammerdiener der Natalia Domina)

Der Herr Der Zedern oder Ritt Zum Jüngste Gericht

Vorwort

Der vorliegende Roman ist die dritte und damit beschließende Fortsetzungsgeschichte der Trilogie »*Malerei und Musenkraft*«.

Das erste Buch trägt den Titel »*Rückenakt einer aus dem Wasser steigenden Nymphe*«, das zweite »*Hélène Das Geheimnis der Falschen Mona Lisa*«.

Um dieses letzte Buch »*Der Herr der Zedern oder Ritt zum Jüngsten Gericht*« verstehen zu können, ist die Lektüre zumindest des Vorgänger-Romans »*Hélène Das Geheimnis der Falschen Mona Lisa*« erforderlich, nach Möglichkeit auch des ersten. Im Übrigen können erstes als auch zweites Buch völlig autonom, i. e. für sich alleine, gelesen werden.

Dieses Mal allerdings war es mir nicht vergönnt, alles blind aus dem Bauch zu schreiben (*Écriture automatique*), dennoch viele Szenen und Dialoge dem gesagten Prinzip geschuldet sind, i. e. frei ohne Kalkül, jenseits bewusster Kontrolle.

Nichtsdestotrotz die in den beiden vorangegangenen Büchern offen gebliebenen Fragen bisweilen mittels Nachdenkens eben zu beantworten waren, wenigstens ungefähr, was als Ergebnis herauszukommen hätte:

Warum musste der von dem *Russischen* Maler *Stroganovich* portraitierte vorletzte *Russische* Präsident sterben? Weshalb verschwand *Catherine*, die Tochter von *Professor Bérnard*, mit ihrem *Deutschen* Freund *Paul*? Was hat es mit der echten »*Mona Lisa*« des *Bernardo von Palermo* (»*Falsche Mona Lisa*«) auf sich? Was geschieht mit dem *Puschkin*-Mantel?

Letztlich dreht sich die gesamte Trilogie um das geheimnisvolle *Lisa*-Bild sowie den *Poeten*-Mantel.

Diese Fragen werden diskutiert im Kontext von *Philosophie, Kunst* und *Religion*, wobei die Debatten keinem akademischen Kolloquium, gleichwohl niveauvollen Kamingesprächen verpflichtet sind. Sie mögen Denkanstöße sein, bewegen zu Reflexionen über den Sinn des Daseins und die Beschaffenheit unserer Welt.

Darüber hinaus der Plot der Trilogie, das ist der rote Faden der drei Romane — mit anderen Worten die Handlung — zum Abschluss gelangt.

In diese Geschichte eingegangen sind wieder Träume, bspw. — wie in »*Hélène Das Geheimnis der Falschen Mona Lisa*« — das Banner »LES HELMETS« auf einem Leinwand-Portrait in »LES CÈDRES« übergeht, i. e. aus Eisenhüten (Soldaten-Helme) biblische Zedern werden, analog »*Schwerter zu Pflugscharen*« (*Jesaja* 2, [4]), oder drei *Güldene* Ringe seien auszugraben, wobei ein großer *Güldener* zwei kleinere *Güldene* überstrahlt usw.

Jenseits all dessen meine Liebe den Pferden gilt, treuen Tieren, welche meines Dafürhaltens u. a. in Hindernis- und Galopp-Rennen reitsportbedingt viel zu erleiden haben.

Die beiden Schauplätze *Schloss Natalia* und die alte Burg unfern *Paris*, wo der Geist *Diego Velázquez'* herrscht, sind Produkte der Fantasie, obgleich die „*Velázquez*-Burg" ihrem Ausschauen und geografischen Lage nach *Burg Gisors'* (Anfang 11. Jhd.) im *Département Eure* (*Normandie*) ähnelt.

Kastell *Combourg* in der *Bretagne*, erstes Zuhause von *François-René de Chateaubriand*, ist authentisch.

Alexander Sergejewitsch

Der Herr Der Zedern oder Ritt Zum Jüngste Gericht

Vorgeschichte

Millenniumswende — der *Sizilianische* Maler *Bernardo von Palermo* porträtiert seine Geliebte, die *Russische* Schauspielerin *Natalia Domina*, in zweifacher Hinsicht: das eine Mal mit »*Kleinem Schwarzen*« (Coco-Chanel-Kleid), *Charleston*-Schleier-Feder-Hütchen und Stiefeln sowie einem Strauß *Baccara*-Rosen (dieses Bild ist in »*Hélène Das Geheimnis der Falschen Mona Lisa*« als auch in »*Der Herr der Zedern oder Ritt zum Jüngsten Gericht*« »*Falsche Mona Lisa*« tituliert). Das andere Mal porträtiert er sie in dem Gemälde »*Rückenakt einer aus dem Wasser steigenden Nymphe*«, wo der Maler selbst sich als männlichen Akt wiedergibt, wenn er — *Apollo von Belvedere* ähnelnd — mit über der Schulter geworfener Toga seine Geliebte am See-Ufer empfängt. Vorbild oder Modell-Requisit für diese Toga ist ein Mantel, den der Maler zu Lebzeiten von einer Karten-Legerin aus *St. Petersburg* (*Puschkin-Hexe*) bekommen hat, mit der Ermahnung, das Kleidungsstück niemals verlieren zu dürfen, ansonsten drohe ihm und seiner *Natalia* großes Unglück. Der mysteriöse Mantel entpuppt sich als der Umhang, den *Alexander Puschkin* bei seinem tödlichen Duell mit *de Heeckeren d'Anthès* getragen habe. Prompt wird dem Künstler derselbe gestohlen, worauf er, seine *Natalia Domina* und ein *Russischer Avantgardist*, *Alexander von Kandinsky*, von einem *Doktor Falconi*, leidenschaftlicher Kunstsammler als auch Kunsthändler aus *New York*, guillotiniert werden. Mit diesem Mord rächt sich *Doktor Falconi* für »entgangene Freuden«, weil der Maler ihm das begehrte *Rückenakt*-Gemälde vorenthalten, i. e. nicht veräußert hatte.

Stattdessen nimmt der *Louvre* den »*Rückenakt*« in seine Sammlung auf. Irgendwann findet gleichfalls die »*Falsche Mona Lisa*« Eingang in das *Pariser* Museum sowie der *Puschkin*-Mantel, beide Stücke allerdings dreihundert Jahre später einem Raub zum Opfer fallen. Ein zweiter *Dr. Falconi*, diesmal aus *Chicago*, Nachfahre des gleichnamigen Kunsthändlers aus *New York*, war der Auftraggeber dieses Diebstahls. Seitdem ist das *Pariser* Kommissariat unter Leitung von Inspektor *Le Trou* auf der Suche nach dem Mantel und dem Gemälde. Die »*Falsche Mona Lisa*« kann wieder beschafft werden, wird aber ein zweites Mal »*entführt*«. Auch dieses Mal gelingt es *Commissaire Le Trou*, die »*Falsche Mona Lisa*« herbeizubringen, doch sollte dieselbe als Fälschung sich herausstellen.

Nach sinnlichen Abenteuern im Mondenschein an der *Französischen* Kanal-Küste sowie Trauung in einer *Barocken* Kapelle mit anschließendem Ball in dem historischen Hotel einer rheinischen Bäderstadt, wird das frisch vermählte Paar, *Professor Bérnard & Hélène*, zuzüglich ihrer gemeinsamen Freundin, des *Caravaggio-Vögelchens*, zu einem geheimen mitternächtlichen Treffen im *Pariser* Studenten-Viertel gebeten.

Dort stößt die *ménage à trois* auf ein vom Leben enttäuschtes Monster, das die echte »*Falsche Mona Lisa*« sowie den bis dahin verschollenen *Puschkin*-Mantel innehat. *Professor Bérnard* gelingt es, nachdem das Monster durch einen tragischen Sturz ums Leben kommt, das originäre Gemälde sowie den heilsbringenden Mantel an sich zu reißen, und flüchtet mit seinen beiden Freundinnen in die Freiheit.

Danksagung

Hilfreich waren mir JOSÉ LÓPEZ-REY´S *Velázquez / Maler der Maler Bd. I / Werkverzeichnis Bd. II* (Benedikt-Taschen-Verlag GmbH *Köln* 1996); NORBERT WOLF´S *Diego Vélázquez 1599-1660 / Das Gesicht Spaniens* (Benedikt-Taschen-Verlag GmbH *Köln* 2016); GRAF LEO TOLSTOI´S *Krieg und Frieden* (Rütten & Loening *Berlin* 1954); OSCAR WILDE´S »*The Canterville Ghost*« (Ernst-Klett-Verlag *Stuttgart* 1967) sowie die *Christliche Bibel* im Allgemeinen (Altes u. Neues Testament).

Ferner bin ich verpflichtet SABINE für die Durchsicht der französischen Textstellen.

Fußnoten mögen Kulturgeschichtliches erhellen. Sie sind am jeweiligen Seitenende aufgeführt, um lästiges Nachblättern in einem Anhange zu ersparen.

Genitive (2. Fall) von Namen sind bisweilen mit Apostroph gesetzt, deutlicher Erkennbarkeit des Nominativs (1. Fall) wegen.

Für das Interesse an meiner Trilogie »*Malerei und Musenkraft*« bedanke ich mich bei allen meinen Leserinnen und Lesern.

Alexander Sergejewitsch 2018

Alexander Sergejewitsch

Für die Liebe

Und eine Welt ohne Kriege

Alexander Sergejewitsch

Der Herr Der Zedern oder Ritt Zum Jüngste Gericht

Prolog

Dreihundert Jahre nach der Millenniumswende

Sehr verehrtes Publikum !

Sehr verehrte Leserinnen und Leser !

Liebe Freundinnen & Freunde des schwarzen Theaters !

Nun kommt meine Geschichte an ihr Ende. Zu erzählen habe ich nicht mehr viel, außer dass Heinrich um meine Pferde sich kümmert, die Sonne im Aufstieg begriffen ist und mein Pferdekloster ich hatte aufgeben müssen, zwangsweise meines unglücklichen irdischen Todes wegen.

Meine Pferde überließ ich ihm, diesem sado-masochistischen Butler, tagsüber und allem voran nächtens, wenn die Katzen erwachen und durch die Gassen streunen, auf der Suche um eines Opfers willen. Ja, dann ist er damit beschäftigt, nach nacktem Weiberfleisch Ausschau zu halten, um daran sich zu ergötzen. Doch — wie Sie, lieber Leser wissen — ist Heinrich alles andere als eine Blut saugende ruchlose Bestie, welche Schadens wegen ihre Mitmenschen malträtiert. In diesem Belange ist er eher scheinheilig zu nennen, er ist eben ein Böses versprechendes Alibi-Ungeheuer, das den Schurken mimt, doch schlussendlich auf sich selbst zurückfällt, mit anderen Worten ein bellender Hund, der nicht beißt, nichtsdestoweniger Hunde es gibt, die bellen und gerade deswegen besonders tollwütig sind, da sie nichts zu fressen haben. Und von dieser Sorte war jener Doktor Falconi aus New York, als er vor dreihundert Jahren unseren Sizilianischen Maler Bernardo von Palermo und sein Modell Natalia zuzüglich dieses seltsamen Fürsten von Kandinsky heimtückisch mit der Guillotine vom Leben zum Tode beförderte.

Doch wer ist dieser New Yorker überhaupt? Wieder geboren als ich selbst es bin, der verschwägert mit jenem Russischen Fürsten Alexander von Kandinsky, derselbe das Licht der Welt aufs Neue erblickend in der Rolle meiner selbst als Alessandro von Kandinsky? Seelenwanderung oder nur Bluff? Eine Mistgeburt aus der Werkstatt des Doktor Faustus, der sich anmaßt, Gott zu spielen wie sein Gegenspieler Doktor Frankenstein? Zwar Gegenspieler in fachlicher Hinsicht, also Konkurrent, aber genauso Kadaver-Gehorsam verpflichtet wie alle Mephistolischen Geister! Der Kadaver ist kein anderer als Luzifer selbst, der gefallene Engel, der Drache aus dem Reich der unterirdischen Kammern, wie ich einst es war.

Ach, mein Pferdekloster, meine Genna, meine Lieblings-Stute, unberührtes Reich der schwarzen Freuden! Jetzt ist meine Kirche verlassen, abgeschlossen, verriegelt ist alles, Spinnen bewachen diese gotische Blüte der Architektur! Und erst mein Stubbs, jenes wunderbare und treffliche Bild neben der von mir inniglich geliebten Skulptur eines Pferdemenschen!

Halb Pferd, halb Mensch! Nähme man dem Menschen das, was er an dunklen Eigenschaften beherbergt, schlichtweg das Böse, ließe ihm die guten Seiten, und ersetzte es, das Böse, durch die Seele der Pferde, Treue, Geduld und Liebe, wäre der Mensch zwar kein Mensch mehr, da derselbe eben schlecht, aber vollkommen, mit anderen Worten ein zweiter Eifelturm, weil dieser Turm ewiglich ist.

Der Mensch, so wie beschaffen, allerdings irgendwann aussterben, untergehen wird, gerade seiner Schlechtigkeit wegen, weshalb er sich selbst umbringen wird, weniger in Kriegen, da Unkraut so schnell nicht vergeht, sondern durch die Vernichtung, die Zerstörung seiner Lebensgrundlage, der Erde, dieses wunderbaren Planeten.

Der Herr Der Zedern oder Ritt Zum Jüngste Gericht

Doch wer weiß, vielleicht stürbe der Mensch, diese Bestie aller Bestien überhaupt, bereits vorher aus, bevor er Gottes Planeten zu vernichten imstande sein wird, etwaig bloß einiger Atom bestückter Waffen wegen, dann hätte der Globus wieder eine Chance, in Gottes Schoß zurückzukehren, nachdem alles Böse vernichtet. Wer weiß?

Um auf Heinrich zurückzukommen, ist er zwar von sado-masochistischer Natur, was, wie gesagt, keiner größeren Sünde gleichkommt, da er bloß mit Wasser kocht, mit verdünntem Schierling – Sie, lieber Leser, sehen werden – hat dieser Wesenszug auch seinen Vorteil. Quält er meine Pferde, oder besser gesagt, striegelt er sie zu sehr, dass als Strafe Heinrich in deren Dung katapultiert wird, sorgt dieser Charakter auf der anderen Seite für Gründlichkeit und Akribie, wenn er alles reinlich hält auf Schloss Natalia, dem einst des Malers Modell Natalia Domina vorstand, jene bezaubernde Frau aus Jekaterinenburg an der Isset, wo im Hause Ipatjew's der letzte Russische Zar samt seiner Familie massakriert wurde. Schloss Natalia, dieses Gespenster-Schloss finst'rer Übel und alles Lasterhaften, erfährt durch Heinrichs Sauberkeitssinn, eben genährt von seiner sado-masochistischen Ader, wieder Glanz und zuversichtliche Strahlung!

Werden Sie, meine Leserinnen und Leser, Zeuge nächtlicher Offenbarungen in altem Burg-Gemäuer, Sie Bekanntschaft machen mit Monsieur Velázquez, genauer ausgedrückt mit seinem Geist, der unausrottbar ist, denn ewig währt das Königliche, und des Königs und der Königin Maler war er allenthalben. Thront oben auf Burg-Ruine, irgendwo westlich oder ist es nördlich von Paris? Vorher reitet man durch ein Zedern-Wäldchen.

Ja, ja, die heilige Zeder! Denken Sie an den ersten Jüdischen Tempel König Salomos, oder wegen mir an meinen Likör, unerschwinglich, zumindest für den Sterblichen, welcher Natur ich nicht bin, wie Sie wissen!

Alexander Sergejewitsch

Ließ mich blicken bei Doktor Faustus, damit er mir hülfe, meine Mona-Lisa des Signore Bernardo da Palermo und den Glücksbringer eines Mantels des Monsieur Puschkin wiederzubeschaffen. Diese Bestie aber, dieser Faust, anstatt mir beizustehen in meiner unermesslichen Not, die genannten beiden Reliquien ausfindig zu machen, mir die Fresse poliert und Auge, Zunge und Zähne mir nimmt, eines grausigen Fetischkastens wegen, wo jene Leibes-Reste zu bestaunen sind, falls man des Mutes mächtig ist, solches in Augenschein zu nehmen und nicht in Ohnmacht zu fallen bei solchem Anblicke, wie die beiden Sapphierinnen es zu tun pflegen, wenn ihnen Schauriges widerfährt, ich meine Hélène, die Parfumeuse vom Place Victor-Hugo, und Adélaïde, die Schönheits-Opérateuse aus Santo Domingo.

Na ja, nun lauf' ich mit nur einem Aug', ohne Zung' und Zahn' herum, in einem schwarzen Sacke steckend und leide wie ein gehäutetes Schwein, denn meine Lisa, meine Mona Lisa nahm der King mir fort. Nicht hineinlassen hätte ich ihn müssen, damals nicht einladen, in meine unterirdische Kammer, wo mein Lüstlings-Chor, meine Manns-Weiber oder Weibs-Männer, wie man's nimmt, sich verphallustieren.

À propos Phallus, da muss ich Sie enttäuschen, dieses Mal geht fast alles gesittet zu, außer eines kurzen Liebes-Zauber-Spiels auf Burg Combourg, im Attika-Geschoss, des Monsieur Chateaubriand, dort Ewige Lichter brennen, der King seine frühe Kindheit verbrachte, bevor er den Rest derselben auf dem Boden des einstigen castra Bonnensis erlebte, im Schlepptau seines Vaters, des Général de Corps d'Armé de France, sur la rive du Rhin. Wenn ich den King erwische, gnade ihm Luzifer !

Meine Mona Lisa !

Mein Herzens-Mantel, der Mantel geknechteter Eitelkeit !

Meine Mona Lisa !

Alessandro

Der Herr Der Zedern oder Ritt Zum Jüngste Gericht

Aufbruch

*E*s war drei oder vier Uhr in der Früh´, als *Heinrich* die Pferde sattelte. Ein schwarzer Hengst und zwei Schimmelstuten, alle drei Tiere *Araber.*

Professor Bérnard*, *Madame Hélène†* und *Adélaïde Delacroix‡* hatten sich vorgenommen, hoch ins Zederngebirge zu reiten und jenen schnurrbärtigen enigmatischen an einen *Spanier* erinnernden Herrn ausfindig zu machen, der dem Gelehrten einst begegnet war in einem seiner Fieberträume, wo er Zeuge des Treibens in *Platon´s* Höhle werden durfte.

Novembermorgen, schneeverklebt das nackte Geäst der schwarzen Kastanien-Tentakel§.

Immer wieder sucht der Mond sich seinen Weg durch das Gerippe der Bäume, das Scherenschnitt-Theater des kleinen Wäldchens unmittelbar hinter dem ausladenden Oleanderbuschpark von *Schloss Natalia*, in dessen Kellergewölbe *Doktor Falconi* aus *New York*, *Bernardo von Palermo*, sein Modell *Natalia Domina* und *Fürst Alexander von Kandinsky*** vor etwas mehr als dreihundert Jahren hingerichtet hatte durch das Fallbeil.

---

*Verweis auf Bernhard von Clairvaux (1090 bis 1153), bedeutender Zisterzienser-Mönch und Kreuzzugs-Animateur
†(franz.) Verweis auf Kaiserin Helena (249 bis etwa 329, heute Türkei), welche das Kreuz Jesu auffand, Mutter Kaiser Konstantins (272 bis 337), „die Leuchtende" (griech.)
‡(franz.) die „Edle vom Kreuz"
§Gemeint ist Ross-Kastanie, Pferdefutter, auch weiblicher Gegenpol zur männlichen Eiche
**Figuren aus „Rückenakt einer aus dem Wasser steigenden Nymphe"
Doktor Falconi aus New York = Kunsthändler
Bernardo von Palermo = Sizilianischer Maler der Superlative
Natalia Domina = Russische Schauspielerin, Geliebte Bernardos

Klirrende Kälte erbrach sich in des Winters gestrahlter reiner Luft. Die Pferde schnaubten und wieherten und schlugen mit ihren Eisen beschlagenen Hufen auf den zu Stein gefrorenen Boden aus in Fäulnis übergegangenen Blättern und zermürbten Früchten der Kastanie.

Nirgendwo ein Laut, nirgendwo ein Licht außer dem des milchigen Mondes.

Keine Sichel des Todes am gestirnten Himmel!

Nein! Ein Ball mystischer Freude, verschwägert mit beringten Geheimnissen einer wiederkehrenden Liebe, rollte oben unmerklich über das Gestade von *Uranos**.

Aus den Nüstern der *Araber* flammte der heiße Atem der Erwartung.

Das Leder der Sättel sowie Zaumzeug, Fell und Schweife stießen aus den Geruch hoffnungserfüllender Träume. Es roch »*nach mehr*«, wie des *Professors* verstorbener Vater, *Général de Corps d'Armée*, zu kommentieren pflegte, wenn sie im *Kaiser-Wilhelm-Gelände* auf der Fährte von keifenden Bussarden, in Teichen tollenden Kaulquappen und Feuer-Salamandern sich befanden.

Schloss Natalia leuchtete im sich bald ankündenden Zwielicht zwischen Nacht und Tag — doch mehr Nacht —, zwischen untergegangenem Abend und heraufdämmerndem Morgen — doch mehr Abend, — zwischen verwesender Verzweiflung und aufkeimender Zuversicht, —

Fürst Alexander von Kandinsky = fingierter Nachfahre Wassily Kandinsky's (1866 bis 1944), Russischer Avantgardist
**Griechischer Gott des Himmels*

zwischen Böse und Gut, Gut und Böse — doch mehr Böse — , wie die dunkle Silhouette eines morbiden Schiffes.

Darüber kroch der Nachtplanet empor, eroberte Zentimeter für Zentimeter das steinerne gesichtslose Spektakel eines noch nicht aus dem Schlafe erwachten Riesen. Trotz alledem erwirtschaftete hie und da das trübe gelbe Licht eines Fensters den Sold eines herannahenden Etwas, was die Pferde spürten in ihren Adern, deren schäumendes Blut auf ihren Leibern plastizierte Kanäle schuf. Felle, schwarz und weiß, überzogen von einem hirnernen Geflecht blutzirkulierender Bahnen des Unaussprechlichen. *Schloss Natalia* schlief sein *Drakuleskes* Dornröschen-Märchen im beschirmten Hort jahrhundertealter für einen Augenblick entkleideter Kastanien. Doch noch herrschte Nacht, es war die zugeschnürte Herrgottsfrühe eines zu Ende gehenden Wintermonats eines zu Ende gehenden Jahres.

Heinrich trug unter einem heruntergekommenen Zobel wie gewöhnlich seine schwarzgoldgestreifte Weste, und hatte seine Fleischerpranken in weißen Handschuhen vergraben.

Kein Wind zog, kein Lüftchen regte sich, nur der ausgestoßene Atem der Pferde sorgte für so etwas wie glitzernden Rauch.

Der Ton eines düsteren Jagdhorns durchbrach plötzlich die gespenstische Stille, als *Heinrich* das Messing von seinen Lippen setzte und das Triumvirat, bestehend aus *Professor Bérnard*, *Madame Hélène* und *Madame Adélaïde Delacroix*, die Treppen des Portikus hinunter und ins Kastanienwäldchen geschlichen kam.

Wieso sollte es auch anders sein? *Hélène* hatte in der Eile, da sie wieder der langwierigen Kontrolle ihres Spiegelbildes erlegen gewesen war, lediglich ihre *Flamboyant*-Strümpfe, die Stiefeletten mit den goldenen Schnallen sowie ihre *Pariser*-blauen Dessous anlegen können, dann in ihren *Sibirischen Fuchs* sich geworfen, ohne denselben völlig geschlossen zu haben, trotz einer *Taigaianischen* Kälte.

Der King in *Russischem Wolf* und seiner *Uschanka**, *Adélaïde Delacroix* in *Leopard* mit einer ebensolchen Mütze; nicht zu vergessen das alles vernichtende Silber des *Fuchses* auf *Hélène's* wunderschönem Haupt.

Wer hielt Wache in jener von Geheimnissen umwitterten Nacht? Wer stahl den Hunden ihren Knochen? Wer hob die Urne *Rasputin's* samt ihrer Heiligen Asche zu den Sternen empor? In einen Himmel voll der Gnade? In den Abgrund derer, welche ihn leugnen? Welche ihn mordeten? Welche ihn kreuzigten? Wo war *Golgatha*? Wo der Berg, der aus eintausend Scherben gebauet? Wo das Füllhorn Tausender von Tränen? Wo, wenn nicht dort in jener Nacht gleich einem sakralen Kristall?

Keine Worte fielen, kein *Logos*[†] für die, welche übten Verrat, ohne zu wissen um dessen Folgen, denn:

„Er war in der Welt, und die Welt ist durch ihn geworden, doch die Welt erkannte ihn nicht.“[‡]

Sie stiegen in die Sättel, nachdem den beiden Damen *Heinrich* in die Bügel geholfen hatte und galoppierten davon.

---

*Russische Fell-Mütze mit Ohrenklappen
†Logos (griech.) bedeutet Wort, Sinn; im christlichen Verständnis steht logos für Christus
‡Joh. 1, [10]

Der Herr Der Zedern oder Ritt Zum Jüngste Gericht

Vorweg *King Ritter* mit seinem schwarzen Hengst *Cunébert**, gefolgt von *Hélène* und *Adélaïde* auf ihren beiden Schimmelstuten *Cunégonde*† und *Martha*‡.

Irgendwann wechselten sie in Schritt§.

Vor ihnen lag eine weite Ebene gefrorener Büschel von Gras, durchstanden mit kahlen entlaubten Bäumen.

Der Mond flutete sein Licht über das Panorama, gemachet von den Händen dessen, der alle erlöst.

Weshalb hatte sie mir das nur angetan, als ich bereits schwanger ging mit dem Gedanken, zu meiner Frau sie zu wählen, lamentierte der *King*. Was hatte dieser *idiota* an sich, was ich nicht habe? Eine menschliche Bestie, ein maskulines Weib ohne Fleisch und Blut, eine gezinkte Karte aus *Hélène's* falschem Zauberblatt. Weshalb musste *Hélène* sich dermaßen verlaufen und verkaufen, um zurückzufinden zu mir? Ich, der ihr von der ersten Stund´ zu Füßen gelegen? Ich, der ihr hätte ein Königreich, bereits damals erbauen, die Sterne vom Himmel holen wollen, ohne zu fragen, wie hoch der Preis sein möge?

Und nun war sie seine Frau, seine über alles geliebte Frau, für welche er hatte einen zweiten See *Genezareth** geweint, nachdem sie fortgelaufen.

---

*franz. für Kunibert (ahd. „von glänzender Herkunft"), mittelalterlicher Rittername, auch Kölner Bischof (etwa 590 bis 663), heiliggesprochen, Namenstag 12.November
†franz. für Kunigunde (ahd. „Kämpferin für ihre Sippe"), Frau Heinrichs II (980 bis 1033), heiliggesprochen, Namenstag 3. März
‡(Hebräisch „Gebieterin", „Herrin"), vielleicht Schwester des Lazarus (Joh. 11, [17-44]*) und der Maria von Magdala (Maria Magdalena), Namenstag 29. Juli*
§langsamer Pferde-Gang

Jetzt ritten sie nebeneinand´, mittig der *King.*

„Sag´`mal, *Adélaïde,* dieser *Doktor Faust,* der dir deine neue Zunge angenäht hat, was für ein Mann ist er, *Adélaïde,* dieser *Doktor Faust?*"

„Ach, dieser *Faust,* na ja, eben ein *Faust,* eine Faust, eine Art Boxer-Handschuh, wenn du so willst, der alles zusammenboxt, was ihm in die Quere kommt."

„Wie meinst du das mit dem »*Zusammenboxen*«, meine Liebste?"

„Du weißt doch, *Alessandro!*"

Hélène´s Gesicht befiel plötzlich aschfahle Farbe, so etwas wie Totenblässe überkam sie in jenem Moment, als sie den Namen *Alessandro* fallen hörte.

„*Alessandro* tauchte irgendwann in seiner Werkstatt auf, in der Werkstatt von *Faust* – eingehüllt in einem schwarzen Mantel und klagte, dass man ihm seine kostbare Reliquie gestohlen habe, eine Sekundärreliquie† sei es gewesen, für ihn ein *Phelonion,* priesterlicher Umhang, ein halbtausend Jahre alt, dazu käme ein Gemälde, verewigt darauf eine *Mona Lisa,* auch diese Reliquie sei ihm abhanden gekommen, genauer gesagt beraubt seiner beiden Lebens-Elixiere. Und das, was er am Leibe trüge, nichts anderes wäre als eine schlechte Kopie des originalen Mantels, der einem *Monsieur Puschkin* einst gehört hätte. Und dann, wie mir *Faust* weiter erzählte, habe er ihm seine Visage poliert, zusammengeboxt diesen daher-

---

*bedeutender Biblischer See in Nord-Israel, in Nähe Orte Wirkens Jesu (Brot- und Fischvermehrung, Bergpredigt etc.)
†Gegenstände u. ä., mit denen der Heilige in Berührung gekommen ist, bspw. Splitter des Kreuzes Jesu etc. i. Ggs. zu Gebeinen und Leibesteilen wie etwa die Schädel der Hlg. Drei Könige in der Kölner Kathedrale

gelaufenen Lackaffen, weil er ihm mächtig auf den Geist gegangen sei, ihm anschließend Zähne und linkes Auge ausgeschlagen, bevor er sich seiner Zunge bemächtigte, die der Doktor samt Zähnen und Auge in einen Glaskasten packte, und das makabre Ausstellungsstück an die Wand seines Ateliers nagelte."

Insgeheim reflektierte *Hélène*, wie trügerisch es doch gewesen sei, als dieses kranke Ungeheuer, auf das sie sich in grauer Vorzeit eingelassen, in den ewigen Jagdgründen sich verabschiedet — er dort lag, in seiner unterirdischen Kammer, in Anwesenheit seines *Stubbs**, auf einem *Perser*, mit gebrochenem Schlüsselbein — dann jämmerlich verreckte, nachdem dieser falsche Gott der Eitelkeiten vorher noch ein paar geheuchelte Liebesschwüre zum Besten gegeben hatte. Was war dieser *Alessandro* doch nur für ein erbärmlicher Wicht gewesen? Was für ein Halunke, der Weiber betörte besser als der beste Herzensbrecher? Aber wie konnte er wieder auferstanden sein von den Toten, bevor er in des *Doktor Faustus'* Atelier eindrang? Und was hatte er dort zu suchen gehabt? Gehörte *auch er* zu jener geheimnisvollen Loge, von welcher hinter vorgehaltener Hand alle Welt spricht, allerdings niemand wusste, worum es sich eigentlich dreht? Dieser inkarnierte Wahnwitz müsse auf immer und ewig ausgerottet werden, zuzüglich seiner Bagage, falls er eine solche besäße. Das waren *Hélène's* Gedanken, während sie die mondbeleuchtete Ebene hinunterritten.

Der *King* wusste nun Bescheid, aber unser Trio sich die Frage stellte, ob sie denn noch lebte, diese grässliche Fratze, die seinen Engel, seine

---

*engl. Pferdemaler (1724 bis 1806)

vor dem Ertrinken ihn rettende *Barkarole**, ins Jenseits beinahe befördert hätte?

Nachdem sie etwa eine Stunde nebeneinand´ Schritt geritten waren, *Hélène* so gut wie keinen Ton von sich gegeben hatte, setzte Schneegestöber ein und eiskalter Wind pfiff ihnen ins Gesicht. Des *King´s* geliebter Engel und ihre Busenfreundin aus *Santo Domingo* rafften ihre Krägen hoch, indes der *Ritter Cunébert* die Sporen gab und davongaloppierte. *Cunégonde* und *Martha* mit ihren *sapphischen* Reiterinnen jagten hinterher. Irgendwann erreichten sie einen Hain mit alten Eichen und einem zugefrorenen See, aus dessen schneeumwehtem Silberspiegel eisverkrustetes Kolbenrohr ragte.

„Brr! Brr!"

Der *King* stieg ab, lief ans Ufer und prüfte mit seiner lederbewehrten Hand die kristallene Erscheinung, wobei *Madame & Madame* auf ihren Stuten sitzen blieben und die Zügel locker ließen.

Das Schneien gab nach.

„Glatt wie Glas!" entfloh es seinem Munde. „Glatt wie ein Babypopo, aber gefährlich scharf, wenn es bricht, wie ein betrogen´ Herz, sobald es fällt, zurück in Einsamkeit sich zieht! Zerbrochen und die Scherben dann sich rächen!"

Als *Hélène* in Eises Luft »*betrogen´ Herz*« vernahm, beugte sie zur Seite und erbrach in frischen Schnee.

„Blut dem Gegner!

Blut fließe aus des Gegners Herz´!

Venezianisches Gondellied, auch gebräuchlich für Boot (ital. Barca)

Der Herr Der Zedern oder Ritt Zum Jüngste Gericht

Möge niemand mir erzählen, der Schmähende erlitte keinen Schmerz, der Aktive in einem solchen Ränkespiel büßte nicht Verzweiflung und finst'rer Kerker kalte Kettenglut! Nein! Der Schmähende leidet wie der Geschmähte, beide tragen sie die *Güldenen Ringe* der Freiheit, die nur in Zweisamkeit sich faltet zur Unendlichkeit!"

Dann schaute *Prince Hamlet* hinauf zum Himmel, wo die Sterne funkelten und in deren Mitte dieser bezaubernde Nachtplanet sein Licht hinunterwarf — so wie damals, als der Dichter seine *Esmeralda* zur Frau genommen hatte, nach einer vollzogenen *ménage à trois* mit ihr und der Lieben aus *Brügge*, dem Vögelchen, im *Feen*-Hotel, am Fenster gestanden ward, auf das mitternächtliche Satellitenstädtchen am Fuße der *Godesburg* geschauet und heiße Tränen weinte. So zumute war ihm auch jetzt, hier draußen, mit seinen beiden *Araber*-Gefährtinnen, gehüllt in Fellen irdischer Gefälligkeit, Pelzen aus Niemandes Land, wo Wölfe heulen in der weiten Öde gefallener Nationen, gefallener Kinder, gefallener Väter und Mütter, hier in der Stille fernab des pulsierenden Nabels von *Paris*.

Ja, der *Wolf*, in welchem er gehüllet, erzählte ihm diese *Unserer Alten* Geschichte. Dort wo *Füchse* und *Leoparden* sich begegnen, ohne einander zu begegnen, ohne einander zu bekriegen, denn dort war reine Fantasie, eine Fantasie, die zur Vernunft sich schwingt, um des Lichtes Wahrheit zu erblicken. In *Platon's* Höhle hinauf zu schleichen an die Sonne, des Poeten-Gelehrten Kräfte-Quelle. Hier unten, im Tale der gestrandeten Sünder, wo *Dante Alighieri* schritt und sprach mit Ungeheuern, Mächten der Finsternis, mit den Steinen der Treue, der Treue des Schmähenden als auch Geschmähten, denn beide seien treu in ihrer Lieb' zueinand' er-

geben, Liebe, die das Schicksal — die von Philosophie und Theologie be-
schwor'ne *Prädestination*, dass alles vorherbestimmt, ohne irdische Gnade
solange bis *Christus* erscheine, — zwinge, die Entzweiten auf gemeinsa-
mem Wege wieder zusammenzuführen, indem diese denselben aufs
Neue suchten und fänden, indem sie ausbuddelten die beiden *Güldenen
Ringe*, vergraben im Lehm einer zornigen Erde, aus der alle Menschen
sind.

Ringe, welche Erlösung verheißen!

Diese beiden *Güldenen Ringe* wiederzufinden, welche die *Hohe Minne*
ihrem *Ritter* und seiner Braut *Hélène* angesteckt hatte, oben in der Kapelle
der *Serviten*, wo die *Heilige Helena Unseres Herrn* grausiges Folterinstrument
festehält* in ihrem Griffe, *Mater Dolorosa†* ihren toten Bräutigam auf ihrem Schoße birgt. Ziseliert‡ waren diese beiden Ringe in der Gold-
schmiedewerkstatt des Ketzerblutmachers vom *Place Victor-Hugo*, auch
wo *Hélène* um des Tages Düftegeschäfte sich kümmerte, ihren heimlichen
Verehrer bisweilen empfing, jenen Herrn, der mit dem *Portugiesen*, dem
roten Tropfen der Verführung, eben am Platze *Victor Hugo's*!

Träumte doch der *King*, diese beiden Ringe für *Cunébert & Cunégonde*,
für *Cunégonde & Martha*, ausgegraben zu haben, bei Tagesfackellicht, in
brauner Erde, weich und geschmeidig wie das Fleisch der Wollust. Und
dazu jenen großen Ring, der die beiden kleinen überstrahlt an Kraft und
Treue und Magie!

---

*Bonner Kreuzberg-Kapelle, Altar-Skulptur der Heiligen Helena (etwa 248 bis etwa 330),
die der Legende nach das Kreuz Christi im Heiligen Land auffand
†hölzerne Pietà um 1628
‡Goldschmiede-Handwerk, Art von Gravur

Der Herr Der Zedern oder Ritt Zum Jüngste Gericht

Ähnlich *Sophias'** Geist vereint *Gottvater* und *Unseren Herrn*!

Ähnlich dem *Wolfe*, der *Fuchs* und *Leopard* vereint!

Der große Ring für *Kunibert*, die beiden kleinen für *Helena* und *Adelheid*?

Ist doch dieses Leben lediglich flüchtiger Abglanz des verschlossenen Gartens der Liebe, des *hortus conclusus*†, wo *Maria* mit Engeln spielt und ihren Bräutigam empfängt!

Dieses Leben lediglich die immerwährende Widerspiegelung der Hölle, so sehr hatte es unseren *Ritter* erwischt, als seine *Madonna* ihn verschmäht, auf und davon in Begleitung jenes mit Morden maskierten *Phantoms*, dessen Auge, Zunge und Zähne in einem furchterregenden Kasten jetzt zu beschauen waren, in *Doktor Faustus'* Kabinett.

Letztlich liebte unser *Ritter* dieses Leben, das er hatte zu bejahen gelernt, die Glut der Freude und Verzweiflung, die Leidenschaft, dieses Schiff ohne Segel, diese *Kolumbianische* Fahrt ins Ungewisse‡, in unbekanntes Terrain, das *Sanguinische* Blut§ und die *Cholerische* Galle, bevor er hatte seine Farben gebracht auf die Leinwand der Erwartung, auf die Leinwand *seiner* Liebe, auf die Leinwand der Liebe schlechthin, um seine *Mona Lisa* zu verewigen, aufzubrechen in der Gestalt *Francis Drake's*, sei-

---

*weiblicher Aspekt Gottes, Verweis auf Dreifaltigkeit

†Verschlossener Garten, Motiv aus alttestamentlichem Hohelied Salomons, wo Maria mit einem umzäunten Garten verglichen wird (Hld. 4, ¹²)

‡Anspielung auf Spanische Eroberungszüge in der Neuen Welt und deren Pro- und Kontra-Folgen für die Einheimischen, Name geht auf Christopher Columbus (1451 bis 1506) zurück, obgleich „entdeckt" von Alonso de Ojeda (1466 bis 1515) und Amerigo Vespucci (1454 bis 1512)

§abgeleitet aus der antiken Vier-Temperamente-Lehre für »heiter«, neben cholerisch (wild), phlegmatisch (ohne Impuls) und melancholisch (traurig) ner *Großen Liebe*, seines Zaubersternes wegen; obgleich er noch hell leuchtete, bereits in Gott geweihter Erde schlief, was er hatte keinesfalls gewollt! Denn sein Zauberstern* war ihm stets Wegweiser gewesen in dieser Hölle, in den höllischen Stürmen draußen auf offener See, selbst wenn sein Stern sich nicht zeigte, weil Wolken zogen. Doch sein Zauberstern, den er einst so inniglich geliebt, ward wiedergebor'n in *Hélène*, und *Adélaïde* schmückte all dies mit ihrer sanften Stimme, der zärtlichen Bewegung ihres Leibes, damit sie *Hélène* bewege, wie der *Unbewegte Beweger* das Unbewegte† selbst bewegt, denn *Hélène* bewegte nur auf Befehle sich hin, selbst war sie ohne Befehl, auch wenn sie größte Mühe sich gab, den Ersten Offizier zu spielen an Bord seiner in die Jahre gekommenen aber noch seetüchtigen Karavelle.

Hélène war Soldat, der Befehle entgegennahm, aber keine auszuteilen vermochte.

Sie war Keilriemen im Getriebe betrieblichen Tötens, Rad im Räderwerk des Krieges, den unser *Ritter* führen musste, in welchem er selbst ums Leben kam, damit er fände seinen Zauberstern zurück.

Sie war seine Muse!

Inspirierte ihn zu seinen Gemälden des Unerschöpflichen, den Fahrausweisen in die Ewigkeit. Gesehen hatte er sie aufs Neu´ in seinen Träumen, dort unten am See, hier unten im See, nackt ohne auch nur irgendwas, badete sie voller Zuversicht, lächelte ihn an, ihren ihr alles ver-

---

*gemeint ist *Natalia* aus dem ersten Roman dieser Trilogie »Rückenakt einer aus dem Wasser steigenden Nymphe«*
†*Aristoteles (384 bis 322 v. Chr.), Philosophie über erste Ursache des Seins*

Der Herr Der Zedern oder Ritt Zum Jüngste Gericht

zeihenden *Ritter der Minne*, ihren Meister der lasierenden Farben, »*Rückenakt einer aus dem Wasser steigenden Nymphe*«, seine erste große Meisterschaft, im *Louvre* jetzt hing.

Zurückgekommen auf diese Welt war seine Nymphe, nachdem dieser *New Yorker, Dr. Falconi*, beide in den Tod hatte entlassen wollen, dort in den unterirdischen Gewölben des Schlosses, wo sie vor etwas mehr als einer Stunde aufgebrochen waren, wo Kreuze in die Höhe schossen und Kerzen brannten für ein Reich, das nicht von dieser Welt!

Fledermäuse keine Vögel sind, sondern Säugetiere der besonderen Art, gesäuget an den blutigen Brüsten des Lebens!

Sie war seine Muse!

Ihre *Taiga*-Augen hatten Bläue genommen, die Farbe im Getümmel aus Soldaten, Rauch und Hoffnungsschimmer, die »*Übergabe von Breda*«*, wo der Unterlegene dem Überlegenen, der Besiegte dem Sieger, den Schlüssel überreicht von *Breda*. Vorbeidefilierende Soldaten! Das war das Blau in ihren Augen! Ein Schlachtenblau, jedoch vorgetragen mit dem Lächeln eines Kindes, dem Lächeln der Unschuld, darauf hineinfalle der Blinde. Dieser inkarnierte *Judas*-Kuss war es, der unseren *Ritter* in unentrinnbare Gefangenschaft nahm! Er spürte mit *Christus* im *Garten Getsemani*, mit den Menschen! Und *Doktor Faustus* stellte für ihn nur einen Halbweisen dar, der — weil ohne Gott — nichts zustande brächte außer »*Auge um Auge & Zahn um Zahn*«, korrespondierend mit des *Ritters Paulinischem*

**Gemälde Diego Velázquez' (1599 bis 1660) von 1635 (Prado), wo der Kampf um die Spanischen Niederlande nach 12-jähriger Belagerung der Stadt Breda durch König Philipp's [IV] Feldherrn Ambrosius Spinola erfolgreich beendet wurde. Niederländischer Kommandant Justinus von Nassau übereicht Stadtschlüssel (1625)*

Credo des lieblosen Wissenden, des nichtigen Nichts, der kraftlosen Kraft, da ohne Liebe! Errichten könne bloß jemand, der selbst gerichtet sei, ein Gefallener, aufgelesen von seinen *Walküren**, errichten ein Haus, so wie einst die *Maurer, Stuckateure, Zimmerer* und *Maler Schloss Natalia* errichtet hatten. Lediglich der Liebende sei befähigt und berechtigt, ins Himmelreich zurückzukehren nach langer Pilgerfahrt zu seinen Vätern. Der *Ritter* fühlte jenseits allen Bewusstseins, dass sein Leiden, das er ausgetragen hatte und noch immer austrug — seiner *Madonna, Hélène's* willenlosen Willens wegen — seinem *Gelobten Lande* galt und geschuldet seiner Missetaten, als er noch der *Sizilianer* war, der Dirnen ins Studio holte, um sich *Madonnen* vor die Füße zu werfen, seine bereits damals ihm erschienene *Hélène* als »*Mona Lisa Natalia Domina*« auf die Leinwand zu bannen, der Erlösung teilhaft zu werden von dem Fluch, der auf beiden lastete, ihm und seinem Diamanten, seiner *Santa Maria*. Und weiterhin fühlte er jenseits allen Bewusstseins, als er seine künftige Frau nach sieben Jahren im *Café de Flore* wiedersah — in »*Kleinem Schwarzen*« mit *Charleston*-Feder-Hütchen, Schleier und Stiefeln — dass sie es sein müsste, *Natalia Domina*, das Modell *Bernardos von Palermo*, seine *Mona Lisa*, sein Zwickel† in der *Petersburger Kathedrale des Heiligen Isaak‡*. Und dann wurde ihm klar, weshalb er ihr einen Strauß Baccararosen offeriert hatte.

Es war *déjà-vu* reinster Natur!

---

*Dienerinnen Göttervaters Wodan, welche auf dem Schlachtfeld die tapfersten Gefallenen auswählen, um sie nach Walhall (Totenhalle) zu bringen (nord. Mythologie)
†längliches senkrechtes Mauer-Dreieck, leitet über vom Polygon (Mehreck) zum Rund einer Kuppel (Kreis), oft bebildert mit Heiligen (Architektur)
‡Isaak ist Sohn Abrahams, der gottbefohlen ihn opfern sollte

Der Herr Der Zedern oder Ritt Zum Jüngste Gericht

Salvador Dalí hätte dies nicht besser zu fassen vermocht in »*Figure at a Window*«* oder »*The Discovery of America by Christopher Columbus*«†.

In »*Figur am Fenster*«, wo eine junge Frau, welche dem Betrachter den Rücken zukehrt und nach draußen aufs Meer schaut, ist die Sehnsucht nach Freiheit thematisiert, dem *Gelobten Lande*, »*aus sich herausgehen zu müssen, um aus sich herausgehen zu können*«!

In dem Monumental-Gemälde »*Die Entdeckung Amerikas durch Christopher Columbus*« verlieh der *Spanische* Meister seiner Pilgerfahrt zu den Vätern Ausdruck, unter der Schirmherrschaft seiner Frau und Muse *Gala*. Sie wird zum Sinnbild dessen, was *Hélène* für unseren *Professor* befasste: seine *Santa Maria*! Seine *Madonna*, die er heimholte ins Studio, um vor ihr nieder zu knien und zu bekennen!

Mit einem Mal begann es wieder zu schneien.

Der *King* sprang aufs Pferd, seinen treuen *Cunébert*, gab die Sporen und galoppierte nach vorn. *Hélène* und *Adélaïde*, welche die ganze Zeit über in ihren Sätteln gesessen und ihrem wolfsumworfenen *Ritter* und Geliebten zugeschaut hatten, wie er die Sterne betrachtete, gaben ihren Stuten ebenfalls Zunder und schnellten hinterher eine Höhe hinan.

Paris weit weg!

Ein funkelnder Kessel nimmer verlöschender Lichter!

Blau, Rot und Gelb!*

---

*Figura en una finestra (1925), Museo Nacional Centro de Arte Reina Sofía Madrid (vormals Museo Español de Arte Contemporáneo) Portrait seiner Schwester Anna Maria
†Salvador Dalí Museum, Saint Petersburg, Florida USA (1958/59)

Alexander Sergejewitsch

Ein funkelnder Feuerkessel!
Unerreichbar!
Aber fraglos schön!

Ritt zum Jüngsten Gericht

Jetzt hatten sie das Gebirge erreicht.

Die Pferde schnaubten und wieherten, als wenn sie nicht weiter wollten, denn *Martha* drosselte ihren Trab und schnaubte ein weiteres Mal,
und ebenso *Cunébert* und *Cunégonde* schnaubten und liefen stetig langsa-
mer werdend.

Milchig weiß schimmerte das kalte Licht des Mondes durch das Ästedickicht der entlaubten Bäume. Steiler wurde es, dichter die Bäume, die
trotz ihrer winterlichen Nacktheit dem herabströmenden Lichte seine
Fülle raubten und ihm Blässe verliehen so als läge der *Gott* der Finsternis
im Sterben.

„Ich habe Angst!" wehte es hinüber aus *Hélène's* Munde, ihrem süßen
Honigmunde mit den lippenlosen Lippen der Melancholie.

„Du brauchst dich nicht zu fürchten, meine Liebste", erwiderte
Adélaïde Delacroix, „wir sind bei dir, meine Liebste! Denke an *Genna*, die
Stute aus dem Morgenland! Du erinnerst dich doch, an das schöne Pferd
dieser maskenlosen Maske, dieses Teufels, dieses hemdenlosen Toten-
hemdes, der mich gefangen hielt und mir die Zunge herausgeschnitten

---

*Blau (Wasser), Rot (Blut), Gelb (Bodenschätze), Farben Kolumbianischer Flagge hatte? Die Maske, die den verschwundenen Mantel und dein Porträt, die »*Falsche Mona Lisa*«, unter den Nagel sich riss und die beiden Reliquien verehrte wie die Gebeine der Könige *Christi*. Der Peiniger, über den *Bérnard* und ich vorhin sprachen, diese zurechtgemachte Hanswurst aus irgendeinem Schmierentheater?"

Der *King* wurde hellhörig, denn versteckt hatte er diese Reliquien bei sich im Schlafgemach, *vis-à-vis* dem *Maurischen* Hufeisenbogen, der Bett und Arbeitstube lediglich symbolisch trennt, in einer alten Truhe, darüber ein paar orientalische Decken gelegt, die hölzerne Kiste abgeschlossen und den Schlüssel in die *Seine* geworfen; so dass *Madeleine* nichts entdecken konnte, selbst wenn sie versucht hätte, die Truhe zu öffnen aus reiner Neugier. *Madeleine* war zwar sein Lieblingstier in der Menagerie seiner Wölfe, Katzen und Füchse, aber manchmal forderte sie seine Geduld heraus, weil eben Wissbegierde sie beschlich, wenn der *Professor* an der *Sorbonne* wieder einmal seine gewagten Thesen formulierte und seine Studenten ihm dann Löcher in den Bauch fragten.

Auch der *Professor* übte den Fetischisten gleich jener bemitleidenswerten Bestie, die *Adélaïde* gerade erwähnt hatte. Der Gelehrte war genauso vernarrt in den geheimnisvollen Mantel und das Bild wie der kranke Kopf, welcher in *Doktor Faustus* seinen Rächer gesucht. Dabei war es der Gelehrte selbst, der jenen Mantel einst getragen, und dieses Gemälde — ohne sich dessen bewusst zu sein — in einem anderen Leben, vor etwa dreihundert Jahren auf *Haus Zauberhaft* in den *Walliser* Alpen geschaffen hatte. Der Mantel war für unseren *Ritter* so etwas wie das Kreuz, das die *Heilige Helena* im *Heiligen Lande* zutage förderte, um es nach *Europa* zu bringen, zumindest die Legende so. Dieser geheimnisvolle Mantel wog zwar nicht die Masse einer Schwere, trotzdessen bedurfte es der Hilfe einer zweiten *Veronika*, welche er in *Hélène* wiedergefunden zu haben glaubte.

Das Bild ward ihm Pfand, das ins Feuer geworfen zu werden verlangte, ähnlich dem Revolver unseres *Stalingrad*-Veteranen, *Oberst Hans Walter* — Ihnen, lieber Leser, besser bekannt als *Sir Walter* resp. Lametta-Heini — oder dem Höschen von *Madame de Lamour*, dessen sich die Flammen im Kamine von *Monsieur Le Corbusier* bemächtigten und es fraßen wie die Gicht frisst den Knochen eines läufigen Hundes.

Hélène hatte Angst und war — weiß *Gott* — nicht zu beschwichtigen, nicht zu besänftigen ihre im Schlepptau hinzugezogene unterschwellige Wut. *Hélène*, die falsche *Mona Lisa*, befand sich nun selbst in der Bredouille, in welche sie einst den *Professor* gebracht hatte, ihren schlussendlich über alles geliebten Dichter der Freiheit, jener *liberté*, die beide empfanden in den Spielen der leibhaftig gewordenen *machine de Marly*, unten am Strande hinter *Honfleur*.

Wahrscheinlich war es diese Angst, welche ihre *Cunégonde* wollte nicht weiter laufen lassen, weshalb auch *Cunébert* und *Martha* so schnaubten und wieherten, als wenn *Jericho* seine Trompeten zu hören meinte, vorhin am Fuße des Gebirges.

Unser berittenes Trio, das nun in Schritt den Berg hinauf sich mühte, an der Spitze der *King*, gefolgt von seinen beiden Liebes-Dienerinnen *Kunigunde & Adelheid*.

Irgendwann öffnete sich das Ästedickicht, der Mond strahlte hervor mit voller Kraft, spendete sein Licht den in einer Geisternacht Umherirrenden, getrieben vom Drange »*nach mehr*«.

Paris hinter sich zu sehen, mit *Van Gogh* zu sterben in einem Anfluge von *déjà-vu* oder gar Kiesel zu werfen in die Fluten, zu reiten durch die Brandung mit den Steinen.

Doch hier oben in der Kälte einer jetzt wieder hell erleuchteten Novembernacht gab es weder *Van Gogh* noch *Saintes-Maries-de-la-Mer*, kein abgeschnittenes Ohr, aber die Imagination jenes Horrorkastens in *Doktor Faustus'* Kabinett, worinne an Ohres Statt Zunge und Zähne und ein Auge signalisierten, dass *Gott* nicht tot war.

Der Weg nach oben, nach *Golgatha*, verwandelte sich in einen schmalen von Eiskristallen markierten Steig, höher und höher hinauf ans Licht.

Bald gab die Steigung nach, die Schmäle mäßigte sich und das *Araber*-Triumvirat nahm leichten Trab wieder nebeneinand'. *Kunibert* wie üblich mittig, flankiert von seinen beiden Herzensdamen *Kunigunde & Adelheid*. So ritten sie dahin ohne Gewissheit, was sie erwartete, ob sie ihn überhaupt fänden, diese sagengeschmückte *Spanische* Lichtgestalt, welche dem *King* in einem Traume erschienen war und er selbst den *Rotwildjäger* und *Lanzenschwinger* mimte, sich ergoss in der Mooses Erd', in der Erde *Moses'* Schlammesflut, während es Sturzbäche regnete.

Diese Nacht sollte in die Annalen eines Reisetagebuchs eingehen, das nur *Luzifer* zu lesen verstand. Doch wer war *Luzifer*? Gefallener *Gott* oder die Kraft des Bösen, welche aus sich selber schafft? Ein Würfel ohne Augen in einem Spiel ohne Spieler? Ein Haus ohne Dach? Ein Lorbeerzweig ohne Sieger? Ein Laureat ohne Preis? Ein *Judas* ohne das von ihm heraufbeschworene Kreuz, an welchem *Messiasse* einen vermeintlichen Tod erleiden?

Wo hielt *Gottvater* sich auf? Wo sein Hirte? Und wo das Lamm?

Wolfsumworfen seine Schulter, *leoparden*geschult das scharfe Schwert seiner Intelligenz und in Silber getaucht die Zungen der Verkündigung, dass *Gott* nicht tot sei, seinem Sohn den rechten Platz, ihm zugewiesen hat.

„Mein *Fuchs*, wo bisset du, mein *Fuchs*?" heulte *Kunibert* in sich hinein, ohne seine Frauen dies bemerkt hätten.

Als sie manch´ eine Weile geritten sind, nachdem Stille in ihre Herzen eingekehret wieder ward, sehen sie die Silhouette einer Burg hoch oben vor ihnen schimmern im gleißenden Lichte dieser gepfählten Engelsnacht. Und der Mond kriecht darüber gleich einer Krake, um ihr Opfer zu verschlingen. Doch winzig ist der stehende Schatten dieses zinnengeschützten Gemäuers jenseits der Größe seiner schwarzen Macht.

„Brr! Brrr!"

Ritter Kunibert, Kunigunde & Adelheid starren hinauf, bleiche Kreide zeichnet das Gesicht von *Hélène*, Röte auf den Wangen von *Adélaïde*, siegesgewiss schmerzt der Dolch in seiner Brust. Er lamentiert aufs Neue, denkt an damals und heult erneut in sich hinein. Seine *Hélène*, seine *Mona Lisa*, seine *Kunigunde* und ihre weiße Schimmmelbraut, ihre *Cunégonde*, sein Zauberstern, seine *Santa Maria*, seine *Botticellinische Venus*, sein Haus der Freude und des manischen Übermuts, hätten ihm fast sein Leben gekostet, denn selbst wenn er unwissendes Mitglied jener verfluchten Loge

Der Herr Der Zedern oder Ritt Zum Jüngste Gericht

war, lebte er das Leben eines Gewöhnlichen, denn in erster Linie ward er Mensch, in zweiter Freimaurer der Hölle, eines Reiches ohne Wiederkehr, so hoffte er rein instinktiv, abseits allen Bewusstseins, endlich abtreten zu dürfen in Begleitung seines Zaubersterns, dem Maskenhändler in *Paris* »*Lebewohl*« sagen, *Franzens von Assisi* Vögel in die Sonne fliegen*, *van Gogh* sterben sehen zu dürfen im glutheißen Felde des Korns†, bevor die Krähen flögen, seine Stiere wieder atmeten, seine wilden Pferde gefunden hätten ihren Weg zurück ins Leben. Er, der *Ritter* und Pilger, der Maler, Dichter und Gelehrte, der Bestienkapitelle verehrte, am meisten jedoch seine *Madonna* als *Caravaggioesker* Gestrauchelter. Er, der *Holofernes* auf dem Schlachtfeld der Liebe, sie seine heiß begehrte *Judith*‡, welche ihn meucheln würde, weil er ausgeliefert sei der männlichen Begierde.

Was damals um die Millenniumswende *Fürst Alexander von Kandinsky* bereits favorisierte in der Folterkammer, in der Kapelle *Rasputins*, tief unter der Erde von *Schloss Natalia*, in den Gewölben und in Stein gehauenen Sälen versickernden Blutes, nachdem Ratten daran geleckt, davon überzeugt war auch unser *Professor*, nämlich *lieber von einem Weibe die Schlinge um den Hals gelegt zu bekommen als von einem Geschlechtsgenossen die Weste sich besudeln zu lassen.*

Franz von Assisi (1181 bis 1226) ist Ordensgründer der Franziskaner, berühmt durch seine Predigt an die Vögel, Gedenktag (katholisch) 4. Oktober
†*»Kornfeld mit Krähen« (1890), Vincent van Gogh (1853 bis 1890), eines seiner letzten Bilder*
‡*Siehe Buch Judith (Altes Testament), Judith enthauptet den Assyrischen General Holofernes, Feldherr des Babylonischen Königs Nebukadnezar*II *(etwa 640 bis 562 v. Chr.), und rettet dadurch das Volk Israel*

Alexander Sergejewitsch

Fürst Alexander von Kandinsky, jener *Signore Valentino*, verkörperte den *Petrus* einer niemals zu erbauenden Kirche, weil *Madonnen*-Leugner, ein Schiff ohne Ersten Offizier, ein Mann ohne wirkliche Courage, obgleich auf *Paul Celan* er sich berief, als es darum ging, »*das Herz sich aus der Brust zu reißen*«, im Oleanderbusch-Park auf selbigem Schlosse an jenem sonntäglichen *Dada*-Nachmittag, und *Adélaïde de Lamour* einen Bären nach dem anderen aufband, um seinen maskulinen Narzissmus zu befriedigen, Senkgrube einer der vielen männlichen Schwächen.

Aber wer hatte des *Professors* Weste besudelt, wenn nicht das Masken-Monster, *Alessandro de Kandinsky*?

Stand *Alessandro de Kandinsky*, was die Ahnenlinie betraf, über drei Ecken, in Verbindung mit diesem vor dreihundert Jahren ermordeten *Russischen* Fürsten, der das Latein der »*Abstraktion des künstlerischen Ausdrucks*« predigte, aber dem Grunde nach die »*Konkretion des künstlerischen Eindrucks*« vertrat, das, woran *Bernardo von Palermo*, der Maler *Apollinischer* Gefilde und *Dionysischer* Ekstase*, festgehalten hatte?

Und war des *Professors* Begriff der »*Eindrucksarchitektur*« nichts anderes als *Bernardos* Maxime der »*Konkretion des künstlerischen Eindrucks*«?

Auf den Menschen und die Liebe käme es an, weniger auf das Werk, das er schüfe, hatte unser *Professor* vom Katheder herunter doziert. Und jener Urenkel des berühmten *Bauhaus*-Konstruktivisten, schuf ein Werk

---

*»*dionysisch« „rauschhaft" im Ggs. zu »apollinisch« „ausgeglichen" (abgeleitet von Apoll, dem Griechischen Gott der Künste, Musik usw.), vgl. Friedrich Nietzsche's (1844 bis 1900) „Die Geburt der Tragödie aus dem Geiste der Musik" (1872)*

nach dem anderen, aber ohne Liebe, nichtsdestoweniger er dieselbe zu praktizieren vorgab.

Nein! Er praktizierte nicht die Liebe, er diente nicht *Paulus*, er war ein *Saulus* der animalischen Triebe. Zuhause in einer Animalität, welche Müttern und Vätern ihre Sprösslinge stahl, um sie wie *Herodes* zu vernichten.

Keinen früchtetragenden Glauben hatte er, keinen *wahren Gott*! Er hatte bloß sich selbst, seinen *Phallus* und seine *Pharisäischen* Reden!

Indem er die Kinder *Abrahams* tötete, führte er dem Feuer des Bösen nur weitere Nahrung zu, statt das Räderwerk des Mordens, in welchem auch *Hélène* verstrickt gewesen, zum Stehen zu bringen, den Keilriemen des Motors des Entsetzens zu durchtrennen.

Lebten doch die Menschen in Illusionen, beteten zu Götzen, zu Spiegelbildern lustloser Lust. Was die Menschen für Leben hielten, war der Tod, weshalb sie ihn täglich auszulöschen versuchten, in fürchterlichen Kriegen, unter fürchterlichsten Qualen und Foltern! Allerdings die eigentliche Lust am Töten, Erniedrigen und Schlachten entsprang der Eitelkeit, Schwester *Vanitas*, Bruder und Kind:

vanitas, vanitatis, femininum

vanitas, vanitatis, maskulinum

vanitas, vanitatis, neutrum

Sie schauten hinauf zu diesem sternengeschirmten Gemäuer ohne Binnenzeichnung, *tabula rasa* in Schwarz, da vollendete Silhouette, wächserne Tafel ohne Schrift, außer der Schrift dieser Annalennacht!

O! Wie sehr er seine Muse liebte! Der Dichter, *Ritter* und Maler des unsichtbaren Sichtbaren, der von Höllenstürzen sich gefangen nehmen ließ und träumte von Pferdeflügeln *Jüngster Gerichte* ohne Bild, von *Triptychen* in Pferdekirchen, deren Böden ausgelegt mit toten Kröten und dem *semper vivum* Ewigen Lebens in erdenabgewandter Herrlichkeit! Träumte von *Pegasos* und *Petersburg*, von *Puschkin*, *Rasputin* und *Romanow*.

Wie sehr er sie liebte, seine *Kunigunde*, dieses Buch, in dem er zu lesen begonnen hatte, als er sie das erste Mal geschauet hatte im Zaubergarten der *Villa Cahn*, unten am Rheine im Schatten des Erzbischöflichen Sitzes, wo die Reliquien von Königen* verwahret sind.

„*Vanitas vanitatis*!" murmelte er, als mit einem Male nach Zedern es roch, stärker wurde dieser *Salomonische* Geruch und die Stunde später und allmählich wich der Schatten von dem Wachs der Tafel und die Burg nahm geometrische Größe, wuchs zu jenem Riesen, der aber noch dem Schlafe zugewandt.

Am Himmel verglühten die ersten Sterne, das Rad der Freude drehte im Wasser, das Mühlrad nahm auf seine Fahrt, zu mahlen das Korn vom Felde *van Goghs*†, das Korn des Lebens und eine Krähe mit einem Laib Brot im Schnabel flog über das Feld‡ und grüßte den im Sterben liegen-

---

*Schädel der Heiligen Drei Könige im Schrein des Kölner Doms
†„Kornfeld mit Krähen" (1890, Van Gogh Museum, Amsterdam)
‡Anspielung auf das Gemälde „Die Heiligen Antonius, der Abt und Paulus, der Eremit" von Diego Vélazquez (um 1635, Prado Madrid), wo eine fliegende Krähe ein Stück Brot im Schnabel führt

den Maler des *Heiligen Paulus*, den Eremiten der Wildnis, wo aufblühen sollte eine Neue Stadt*.

Es dämmerte bereits und ein leichtes Gestöber weißen Puderzuckers von Schnee umschmeichelte ihre Wangen.

„Riecht ihr es auch, den Geruch jahrtausendealter Bäume?" flüsterte der *King*, „Nicht mehr weit haben wir, bald sind wir da!"

Hélène & Adélaïde Delacroix schauten nach oben, wo die Burg *peu à peu* Konturen annahm, da die Nacht ihre Flügel spannte, davon zu ziehen begann und ein neuer Tag aus den Federn gekrochen kam, verschlafen wie der Riese, auf welchen sie zuritten in Schritt.

Diese Burg, von der unser *Professor* einst geträumet hatte in seiner Kammer auf der *Île de la Cité*, nahe des *Quai des Orfèvres†*, unter *Maurischen* Hufeisenbögen, diese Burg hatten sie gesucht, weshalb sie aufgebrochen waren unten im Tale, nachdem *Heinrich* die Pferde gesattelt, in dem Kastanienwäldchen hinter dem Oleanderbuschpark von *Schloss Natalia*.

Ein rosa Funke irgendwo in Äquatornähe zeichnete sich ab am Gestade, während der weiße Puder ihnen um die Nasenspitzen strich, die Dreie liebkoste mit der Schärpe des Glücks.

Helle eroberte das Violett der Verheißung.

Der Weg schmälerte sich wieder, stieg an und das Dach der Zedern wurde dichter, so dass sie verloren den Blick auf das aus den Wehen sich schälende Gemäuer. Jetzt ritten sie erneut hintereinand', der *King* zuerst,

---

*Neues Jerusalem in Offenbarung Joh. 21
†Insel der Stadt, Kai der Goldschmiede

im Schlepptau seine beiden Gefährtinnen, seine *Mona Lisa* auf *Cunégonde*, ihr *Heilig Kreuz de la Santo Domingo* auf *Martha*.

Da öffnete das genadelte Dach aufs Neu´, als sie plötzlich vor diesem steingewordenen Riesen sich fanden und aus dem Staunen nicht mehr herauskamen.

Obgleich die Dunkelheit im Schwinden begriffen ward, die Sterne ihr folgten, saß der Mond weiterhin dort oben am Firmament wie *Gottvater* und schaute zu ihnen herab, halb zornig, halb in Demut gehüllt.

Röte kam hoch und Bläue kam hoch, die Farben mischten auf der *cellistischen** Palette den purpurnen Glanz einer entrückten Welt.

Ankunft

Mit ihren *Arabern* standen sie vor einer sich Augen reibenden Ruine. Aus ihren Sätteln stiegen sie dann, banden die Pferde an eine majestätische Zeder und stapften durch den Schnee auf eine zerfallene Treppe zu.

„Fürchtet euch nicht! Ich bin der Herr der Zedern! Gebt acht, wohin ihr geht und wie ihr geht! Gebt Acht! Ich bin der Herr der Zedern!“ erklang eine Stimme von weit her, so wie damals, während sie sich kämpften durch heftigen Regen, es donnerte und Blitze zuckten über ihnen im Pferdekloster des maskierten Schreckens, dieses *mephistophelischen* Hungerkünstlers der Seele.

**Instrument Cello betreffend*

Der Herr Der Zedern oder Ritt Zum Jüngste Gericht

Jetzt zog eisiger Wind auf, Frau Holles Flocken türmten zu Schnee-geistern sich und *Kunibert, Kunigunde & Adelheid* kletterten rasch über die losen Steine, um ins Inn´re zu gelangen, in den Bauch eines architektoni-schen Wals.

Über zerbrochenes Mauerwerk stolperten sie, verrottete Balken aus Zedernholz, hier und dort kroch der zarte Sprössling einer jungen Zyp-resse. Der Staub von Hunderten von Jahren, verfestigt zu seltsamen Grimassen. Die Temperatur hatte über allem die Decke geronnenen Blu-tes gelegt, erstarrt im Gewitter gewissenloser Mörder unschuldiger Kin-der und Mütter, die weinten. Sie hörten die Schreie, das Jammern und in Ohnmacht verklingende Stimmen sterbender Geschöpfe.

Wälder von Zedern, Hölzer des *Libanons* und Wasser vom Berge *Sinai* fließen, sahen sie, als sie kämpften durch das bizarre Dickicht unterge-gangener Träume eines zürnenden *Gottes* und seiner wehrlosen Kreatu-ren, da sie nicht glaubten. Ihnen fehlten Zuversicht, Brüderlichkeit und Liebe, weshalb die Konstrukteure des Bösen die Bombe bauten. Diesen Erbauern von Totenreichen mangelte es an der höchsten Gabe *Gottes*, der Liebe, weshalb sie um der Verantwortungslosigkeit willen in *Fausti-schen* Werkstätten herum sich trieben, Totempfähle schnitzten und aus Kinderleichen neue Menschen bastelten. Doch diese neuen Menschen waren wie sie selbst: getrieben von dem Drange, Paradiese zu schaffen, aber es waren Paradiese der Hölle. Denn der ohne Liebe, flieht der Ver-antwortung: der Physiker der mahnenden Wacht, der Mathematiker der Gefahr seiner Primzahl, der Chemiker der Macht künstlicher Moleküle.

Diesen Gelehrten *Frankensteins* in den Laboratorien schwarzer Magie entbehrten der weißen, welche Macht gepaart mit Verantwortung in einem einzigen Kopfe und Herzen eint.

Irgendwann erreichten sie den Fuß einer Wendeltreppe, die hinaufführte zu einem großen Saal. Auch hier brachliegendes dem Zerfall ausgeliefertes Gebälk, blutverkrustete Epidermis über allem lag wie vertrockneter Leim auf Zelluloid alten Films. Hie und da huschten Ratten über verbrannten Parkett, goldgeschwängerte Lüster, herabgestürzt und zerschellt, doch deren Steine von Kristall wohl erhalten, bruchlos schön, überzogen von der Patina einer vergangenen Ära.

„Wo sind wir hier bloß gelandet", seufzte *Hélène*, die beinahe über irgendetwas aus Marmor oder mag es Bronze gewesen sein, gefallen wäre, so verquert und verschlungen und blockiert erwies sich der Weg, den sie erklommen, um den rätselhaften langhaargeschmückten Schnurrbärtigen aufzuspüren, warum sie die weite Strecke durch Schnee und Eis und kalten Wind geritten sind.

Durch ein noch intaktes Fenster winkte das erste Sonnenlicht, brach ein güldener Strahl seine Bahn in die apokalyptische Stille eines erwachenden Morgens. *Adélaïde's* rosafarbene Wangen feierten Hochzeit mit dem Purpur jener gläsernen Lichterflut, die einen Tunnel sich grub, um unseren wolfsumworfenen *Ritter* und seine in *Fuchs* und *Leopard* gehüllten Damen zu beglücken mit fänglicher Wärme, denn *Hélène* fror ein wenig trotz der Gnade eines in den Wehen noch liegenden Tages.

Von grünem Schimmel befallene Wandteppiche hingen von oben herab und erwachten zu Leben. War zwar alles vergammelt, atmeten diese Teppiche plötzliche Frischluft abseits des Modergeruchs, den sie ausströmten. Deutlich waren die gewirkten Bilder zu erkennen: Flusslandschaften, steigende Pferde mit Königen, *Lanzenschwinger* und *Rotwildjäger*, kreisende Falken über Seepanoramen, nackte Jünglinge und entblößte Jungfrauen, Schiffe lagen an *Marianischen* Stränden, manche segelbetucht noch im Wasser kurz vor der Landung unmittelbar vor *Karibischer* Küste. Allem voran aber das visualisierte Sturmgewehr einer Schönen, ein Gobelin, der alle anderen Gobelins an Größe und Strahlkraft übertraf:

Eine halbfigurige Schöne mit Fächer und Überwurf*, eine *Spanische Mona Lisa*, seine *Santa Maria*, ein Schiff, vorbereitet für den Aufbruch nach *Indien*.

Gebannt blieben sie stehen und bewunderten diese Bilderflut gewebter dem Untergange geweihter Teppichwolle. *Adélaïde* war völlig hingerissen von jener Fächer haltenden Schönen, dachte an ihre Heimatstadt *Santo Domingo* mit einstiger Befestigungs-Anlage *La Nueva Isabela*† in der *Dominikanischen Republik* — ebenso aber an *Haiti´s La Navidad* und *La Isabela*‡, wie *La Nueva Isabela* getauft auf den Namen der *Kastilischen* Königin

---

vgl. „Dame mit Fächer" von Diego Velázquez (um 1635 bis 1638, Wallace Collection, London), wahrscheinlich Velázquez' Tochter Francisca

†*Gründung „La Nueva Isabela" (1498-1502) durch jüngeren Bruder Columbus´ Bartolomé Colón*

‡*kurz nach Gründung 1492 zerstörten Ureinwohner „La Navidad" (erste Reise, 1492-1493), darauf zweites Fort „La Isabela" errichtet (zweite Reise, 1493-1496), wenig östlich davon*

Isabella [1], welche *Kolumbus* unterstützte — mit ihrer prächtigen Kathedrale, der *Basilica Menor de la Virgen de La Anunciación**.

Adélaïde übte zwar den Beruf einer Schönheits-*Operateuse*, doch wovor sie niederzuknien insgeheim wünschte, in seiner totalen Morbidität, bezeugte für sie eine Schönheit, die aus der Geschichte sich ihr Treibgut holt. Hölzer einer Unheil verkündenden Karavelle, mit denen die *Spanier La Navidad* erbauten, die erste *Europäische* Siedlung auf „*Westindischem*" Boden. Denn das Leiden nahm seinen Anfang, stillte die ungeborenen Nachkommen an den Brüsten ungeborener Mütter, um in Besitz zu nehmen, was ihnen nicht gehörte, weil es allen gehört: *Hispanola*.

Mehr und mehr eroberte sich die Wintersonne das Innere der Ruine, des Palastes ohne Wiederkehr.

Offenbarung des Herrn der Zedern

&

Relativität der Erscheinung

Den Ort stillschweigender Übereinkunft verließen sie und stiegen weiter hinauf, bis in einen Saal sie gelangten, wo sie das Porträt erblickten, das unser *Professor* in einem seiner Träume auf der Insel der Seligen, der *Île de la Cité*, gesehen hatte: Das Brustbild eines Mannes mit Schnurrbart und langem schwarzem Haar, daneben geschrieben stand in Frakturschrift

---

*„Kleinere Basilika der Verkündigung Mariä" (vgl. Lk 1, [26-38], Engel Gabriel verkündet Maria, dass sie durch den Heiligen Geist einen Sohn empfangen und gebären werde)

Der Herr Der Zedern oder Ritt Zum Jüngste Gericht

»LES HELMETS«. Dieses rätselhafte Porträt bewundernd, erklingt plötzlich eine Stimme:

„Fürchtet Euch nicht, die Ihr von weit gekommen seid, um mich zu kontaktieren, *Ritter* der Wölfe mit deiner *Silberfuchs*-Dame und *Leoparden-Fängerin!*"

Da erspäht unser verblüfftes Trio die lichtwerdende schemenhafte Gestalt desjenigen, dessen Kopf auf diesem Bilde festgehalten ist.

„Ihr kennt mich nicht, aber ich kenne Euch!"

Darauf schreitet der geheimnisvolle Fremde zu auf sein gemaltes Porträt, dreht es in die Senkrechte, als »LES HELMETS« in »LES CÈDRES« sich wandelt.

„Wer seid Ihr, *Hoher Herr?*" erkundigt unser wolfsumworfener *Ritter* sich bei dem *Spanier*.

„Ich bin der *Herr der Zedern!* Wisset Ihr denn nicht, in jener fieberge-schüttelten Nacht, im Garten *Getsemani*, bin ich Euch das erste Mal begegnet?"

Jetzt erlangte der *King* sein Bewusstsein zurück und konnte sich bruchstückhaft erinnern, damals, nachdem er zu viel des Schlehenlikörs getrunken hatte, danach ins Bett gestiegen und in einen merkwürdigen Traum gefallen ward.

Hélène & Adélaïde verschlug es den Atem, und aufs Neue dachte *Hélène*, wo sie denn nur gelandet seien, in diesem Fantastoskop aus Helmen und Zedern.

Der *Herr der Zedern* stand leibhaftig vor ihnen in eiserner Rüstung, darüber ein *Kojoten*-Mantel.

„Setzt Euch, ich will euch meine Geschichte erzählen!"

Darauf nahmen sie Platz irgendwo auf von Flechten überwuchertem Marmor, und die eisengerüstete Zeder steckte drei riesige Wachs-Säulen in Brand, warf Geäst und Stämme von Zypressen in einen Kamin und entzündete auch dieses.

Die Dioxyd-Wolken, die ihr Atem in die kalte Luft stieß, lösten sich in Nichts. Wärme besiegte die Nacht, während wenige Frühsonnen-Strahlen durch eine Schießscharte brachen und sich verbrüderten mit dem roten Widerschein des Kaminfeuers in den Gesichtern unserer beiden Komplizinnen.

Zwischendurch hörten sie das Wiehern ihrer *Araber* zu ihnen hinauf.

„Einst malte ich für *Philipp IV* »*Las Meninas*«*, das Gemälde, über welches seit bald siebenhundert Jahren alle Welt den Kopf sich zerbricht und Mythen spinnt, doch niemand den wahren Kern erfasst, den mir meine *Santa Maria* zu formulieren befahl."

„Was ist der wahre Kern, *Hoher Herr*?"

„Ganz einfach! Die Philosophie der Illusion! Nichts in dieser Welt ist wahrhaftig außer der kraftgebenden Spiritualität, zu deren Quellen die Menschen nicht mehr gelangen, weil sie *Fata Morganen* hinterherjagen, die für bare Münze sie nehmen. Flimmernde Bilder hitzegeschwängerter Luftvibrationen, Bilder leidenschaftlichen Vergehens, ruchlosen Verschwindens in den Kanälen der Lust. Was die Menschen für Leben halten, ist ein Theater, das auf Bühnen Teufelshand-gezimmerter Bretter

---

berühmtes Gemälde (1656) von Spanier Diego Velázquez (1599 bis 1660), heute im Prado

spielt. Aber die Bretter, welche die Welt bedeuten, hat *König David* ge-
zimmert. Sie sind aus dem Holze der Zeder, gewachsen im *Libanon*!
Macht, Reichtum und Hierarchie sind der Tand Blinder Kühe[*] und der
Reiter von Kinder-Schaukelpferden[†]. Erst auf ihren Totenbetten erkennen sie, dass sie nur Puppen waren in Schaufenstern einer fremden Gewalt, mit denen *Faust* paktiert, ein Leben führten abseits der Brandung
ewigen Lebens auf anderen Planeten. Denn es sind viele, welche schwel-
gen zuhauf in jenem Tand, und dennoch das Leben sich nehmen, weil sie
trotz alledem entbehren des Glaubens, der Liebe und Hoffnung[‡]!"

Jetzt zerfiel der Stamm einer Zypresse zu Asche, *Phönix* entflog und
eine Flamme loderte auf.

„Weshalb, *Hoher Herr?*"

„Weil die Menschen den Kontakt zur Natur verloren haben, das
Band zwischen ihnen und dem Himmel ist zerrissen! Erinnern Sie sich
noch, *Rotwildjäger, Lanzenschwinger* und *Königsdiener*, als der *Französische* Prä-
sident Sie zum Ehrenlegions-Soldaten gratulierte, weil der *Louvre* Ihren
»Rückenakt einer aus dem Wasser steigenden Nymphe« aufnahm, woran *Paolo
Veronese's* *»Kanaanäische Hochzeit«*[§] dran glauben musste? Ein außerorden-
tliches Privileg, das nur den größten Malern zuteilwird wie auch Señor
Anselm Kiefer mit *»Athanor«*[**], einem ausgemergelten Sterblichen, am Bo-

---

[*]*Verweis auf Blinde-Kuh-Kinderspiel*
[†]*Anspielung auf Europäische Kunstauffassung des provokativen »Dada«, übersetzt aus Französischem mit „Steckenpferd"*
[‡]*drei theologische-Tugenden Gottes*
[§]*Gemälde (1563) von Paolo Veronese (1528 bis 1588), etwa 7 X 10 m*
[**]*Auftrags-Arbeit Anselm Kiefer's (*1945) 10 X 4,3 m, Treppenaufgang Ägyptische Ab-teilung*

den liegend, aber verbunden mit dem Kosmos mittels eines Schlauchs, der diesem Männlein die Kräfte der Natur wieder infiltriert. Am Tropf des Kosmos findet er zurück ins Leben, ins wahre Leben, jenseits von Urwaldrohdung, Stierkämpfen und Kriegen!"

„Und was hat das alles mit Illusion zu tun, *Hoher Herr*?"

Hélène & Adélaïde spitzten die Ohren, denn der zu erwartenden Antwort galt ihr besonderes Interesse, erklärt zu bekommen, weshalb ihr niedliches kleines Universum aus betörenden Liebesdüften und künstlicher Plastikwelt-Schönheit auf Sand gebauet sein sollte.

„»*Las Meninas*« führte vorhin ich an, die Illusion der Illusion der Illusion. Alles ist auf den Kopf gestellt: Zwergin *Mari Bárbola* malte ich riesengroß, das Königspaar in einem Spiegelein klitzeklein. Prinzessin *Maria Margerita* — Tochter meines Königs *Philipp IV* und meiner Königin *Maria Anna von Österreich* — verlieh ich die Statur ihres erst fünf Jahre zählenden Alters, als ich kurz nach dem *Dreißigjährigen Kriege** sie bannte in Öl. Ich malte sie wie sie anatomisch tatsächlich war: klein! Anatomisch klein, ganz im Gegensatz zur politischen Bedeutung ihrer Person, weshalb in flutender Beleuchtung ich sie auferweckte. Sie ist Fokus, illusionärer Mittelpunkt, aber bereits mit Anfang zwanzig sie verstarb! Sie hatte Größe! Wirklich! Ich liebte sie! Mich selbst malte ich, vor monumentaler rückwärts gerichteter Leinwand stehend, mit Pinsel und Palette und ritterlichem Panzer auf gestählter Brust. Den Eisenhut, den ließ ich fort. *María*

---

brutaler Krieg auf Europäischem Boden zwischen Katholiken und Protestanten, sowie um die Vorherrschaft des Heiligen Römischen Reiches Deutscher Nation (1618 bis 1648), ca. 6 Millionen Tote

Der Herr Der Zedern oder Ritt Zum Jüngste Gericht

Agustina Sarmiento de Sotomayor sowie *Isabel de Velasco*, meine beiden Hof-maskottchen, jeweils zur Rechten und Linken meines Lieblings, porträtierte ich wider ihre Ämter in Überdimension. — Was ist Wahrheit? Was ist Illusion? Kann ein Zwerg ein Riese sein und ein König klitzeklein? *Ist Macht nichts anderes als geschrumpfter Reflex im Spiegel des Todes? Ist vermeintliche Ohnmacht nichts anderes als wahre Größe?* Bilder, Erscheinungen, vermessen in Raum und Zeit, sind die Attrappen einer anderen Welt, die nicht vermessen werden kann, weil sie kein Maß besitzt außer dem Maß der Freiheit. Je mächtiger Ihr seid, desto ohnmächtiger Ihr seid und *vice versa*[*]! Je mehr vermeintliche Macht & Stärke Ihr besitzt, desto brüchiger das Eis, über welches Ihr lauft! Irdische Macht ist nur eine Puppe im Schaufenster irdischer Gelüste, welche da sind Gold, Gier und Leidenschaft. Das Fenster in meinem Bilde formulierte ich als Spiegel samt seinen Marionetten, meinem König und meiner Königin. *Mari Bárbola* ist Führerin im Maskentheater dieses meines gemalten Museums. Eine Zwergin zieht uns fort den Schleier vom Gesichte und gibt Einblick in die wirkliche Beschaffenheit des Lebens, das wir verabscheuen und verehren zugleich wie *Doktor Frankenstein* den falschen Gott seines Labors. Die Macht in Händen hält Hof-Fräulein *Isabel de Velasco,* denn sie weiß um das Bestelltsein unseres *terrestrischen* Daseins, nichts weiter als Lug & Trug, gegründet auf einer Variante der Relativitätstheorie des Bildes. Königliche Puppen und ein Zwerg, der alles entlarvt! Die Larve, welche Ihr nicht sehen könnt: das Bild auf meiner Leinwand, das im Entstehen begriffen ist, sozusagen das *dritte* Bild, wenn

---

[*]*(lat.) umgekehrt*

erstes die vor mir posierenden für Euch nicht sichtbaren königlichen Eheleute und das *zweite* deren winziger Widerschein im Spiegel sind. Das *dritte* Bild, das meinige, gestützt mit Keil und Rahmen, ist des Betrachters Aug´ entzogen, da es kein Bild im eigentlichen Sine ist, weil es auf *Platonischen* Gleichnissen fußt! Keine gemalte Macht! Keine gemalte Nacht! Kein Abbild Vasen tragender Phantome auf der steinernen Leinwand einer von trügerischen Feuern beleuchteten Höhle!"

In diesem Augenblicke streifte ein Sonnenstrahl *Hélène´s* vor innerer Aufregung gerötetes Gesicht, und sie spürte instinktiv, dass dieser *Spanische* Geist, dieser *Spanische Kojoten-Hamlet* im Auftrage seiner *Santa Maria Anna* handelte und sie sehend machte. Mit einem Male begriff der *Silberfuchs*, weshalb sie ihren *Wolf* verlassen hatte, sie begann zu fassen das Bild *Alessandro´s* im Spiegel der Eitelkeit, von welchem sie hatte damals sich blenden lassen, was ihr beinahe das Leben gekostet hätte. Eine Duellpistole wäre ihr fast zum Verhängnis geworden, ein *Georges d'Anthès** in der Maske eines Verrückten, doch letztlich war sie es selbst, von welcher sie hatte sich verführen lassen. Sie selbst war es, die sich betrogen hatte mit einer Illusion, geboren in den Sümpfen von Enttäuschung und Selbstbezogenheit, kaputten Freundschaften und zerstörerischem Narzissmus, der Quelle ihrer exhibitionistischen Lust. Eine Lust, die zwar einerseits ihr Depression bescherte, andererseits aber das Kind aus ihr machte, das unser *Professor* so sehr liebte, wie der malende *Kojoten-Hamlet* aus dem Personal-Kabinett des Königlichen Palastes in *Madrid* seinen Liebling

---

**Duell-Gegner Puschkin´s (1799 bis 1837), welcher der Frau des Dichters, Natalia, hinterher gestiegen war, Puschkin kam ums Leben*

Margarita, seinen Fokus, von welchem auch unser wolfsumworfener *Ritter* beseelt war.

„Und ich, in der Rolle des Künstlers, vermittle zwischen der Kopf stehenden sichtbaren Welt, welche wir vermeintlich für wirklich halten, der Welt aus Zwergen, Königen und Prinzessinnen, und der unsichtbaren der Götter; zwischen Krieg und Frieden, wenn Ihr so wollt, zwischen Eisenhüten, Thronsesseln und Tempeln; zwischen Helm und Zeder", belehrmeisterte der *Kojote* unser Trio und plötzlich eine Stichflamme im Kamine emporschoss.

Nun flutete zurück das Bild in der Flaschen- und Flakonkammer des pferdevernarrten Monsters tief unter der Erde des *Quartier Latin*, als der *King*, kurz bevor er und der Schwarzmaskierte den Speicher, vollgestopft mit Zedernlikör und *Raspoutine-Parfum*, verließen, das Bild des schnurrbärtigen Langhaardackels, dieses *Spanischen* Ritters, der nun vor ihnen stand, mit der Aufschrift »LES HELMETS«. Es war das gleiche Porträt gewesen, vor dem sie auch jetzt sich aufhielten. *Adélaïde & Hélène* drohten wieder in Ohnmacht zu fallen, denn unwillkürlich mussten sie an den Gekreuzigten denken, diesen falschen *Claudius* von der Brechungs-Index-Akademie, wie er dort in der Folterwerkstatt kopfüber ins Inferno glotzte, nachdem einer der beiden Satansgesellen über seiner nackten Schädelkalotte die Hieroglyphen-Tabula angebracht hatte: aus »LES HELMETS« wurde »LES CÈDRES«. *Soldatenhelme* verwandelten sich in *Heilige Bäume*, aus deren Holz bereits die alten *Ägypter* Truhen, Särge und Altäre schnitzten und mit welchem *König Salomo* seinen Tempel ausstattete.

Alexander Sergejewitsch

Auf Burg *Combourg* mumifizierte Katzen angebetet haben zu müssen, hatte der *King* seiner *Dulcinea* gegenüber geäußert, in jener Nordmänner-Ferien-Plankenhütte im *Parc Naturel Régional des Boucles*, wo er und sie ihres Fehltritts wegen heftig aneinandergeraten waren und unser *Wolf* seiner *Silberfuchs*-Dame zu verstehen gab, dass selbst wilde Pferde hätten ihn nicht fortreißen können, denn sein Leben *vor ihr* sei nur das Leichenschauhaus toter Katzen gewesen, Fenster, in denen statt *Mona Lisen* Mumien gestanden hätten.

Sie war seine Muse!

So hieß demnach die Botschaft, warum unser Trio in eiseskalter Nacht von *Schloss Natalia* aufgebrochen war und den schweren Weg auf sich genommen hatte: *Eisenhüte einzuschmelzen zu Heiligen Bäumen*, aus deren Früchten das Monster seinen unbezahlbaren Zedern-Likör herstellte.

Der *Professor* musste an seinen geliebten Schriftsteller denken, *Graf Leo Tolstoi*, dass jener Jagd und Krieg abgelehnt hatte und damit ganz auf einer Linie mit diesem *Enigma* eines Frieden verkündenden *Spaniers* lag.

Mochte man bloß diesem großen *Russischen* Dichter in die Augen geschaut haben, fröstelte es einen. In dessen Augen leuchtete dasselbe Feuer wie in der Esse, wo vorhin eine Flamme emporgeschossen ward, doch umflort von blutgetränkter Traurigkeit über eine Welt, in welcher der schreibende *Graf* gestrandet war und die noch immer anhielt.

Alle warteten auf Erlösung! *Fürst Alexander von Kandinsky* hatte dieselbe gesucht in der »*Abstraktion des künstlerischen Ausdrucks*«, eine Abstraktion, welche nichts anderes darstellte als sinnliche Leidenschaft, vergleichbar mit der *rectalen* Begierde *Adelaide de Lamour's*. *Stalingrad*-Veteran *Sir*

Der Herr Der Zedern oder Ritt Zum Jüngste Gericht

Walter in militaristischer Theorie und Praxis, letztere ihm zum Verhängnis wurde, als er sich selbst erschoss mit seiner *Awtomat Kalaschnikowa Modernisirowannyj*, ohne es zu wollen, und damit bewies, als wie lächerlich doch all sein Getue sich entlarvte. Kammerdiener *Heinrich* in masochistischer Selbstbefriedigung vor den leibhaftigen Bildern seiner verehrten Gräfin und *sapphischen* Freundin *Natalia Domina's*, der *de Lamour*. Sowie *Bernardo von Palermo* in aufopferungsvoller Hingabe zu seiner Angebeteten, seinem Modell *Natalia*, seiner *Mona Lisa*, wie er sie getauft hatte, um damit seine seelische Verwandtschaft mit *Leonardo* zu offenbaren, dass jener Maler, Zeichner und Konstrukteur *Ikarusesker* Flugmaschinen, jener *Signore da Vinci*, zu überwinden versucht hatte: das Tal menschlichen Martyriums, wenn das Genie *da Vinci* die Balance künstlerisch formulierte zwischen den Kräften des Bösen und Guten, um letztlich letzteren zum Siege zu verhelfen und *Madonnen* in Felsengrotten* auf seine Holztafeln zauberte, *analog* der demütigen Kniebeuge unseres *Professors* in der Rolle des schmutzfüßigen Pilgers vor seiner *Santa Maria* namens *Hélène*.

Sie alle warteten auf das *Jüngste Gericht* und hofften, wie die Pferde des Masken-Monsters auf dem linken Flügel seines mächtigen Altar-*Triptychons*, bekleidet mit weißen Gewändern, in den Himmel aufzufahren und das Qualental der Erde auf immer und ewig hinter sich zu lassen. Aber war die Erde ohne Schuld, der Mensch selbst machte aus diesem Wunderplaneten jenes Jammerverließ, dessen Abhilfe wegen Politiker, Philosophen und Künstler seit Jahrhunderten in den Haaren sich liegen,

---

*„Madonna in der Felsengrotte", erste (Louvre) und zweite (National Gallery London) Version (zwischen 1483 und 1508)

63

und jeder behauptet, die Rezeptur, den Friedensstein, gefunden zu haben.

„Folgt den Zedern, setzt Euch nicht auf falsche Throne und werft die Eisenhüte in den Styx!" waren die letzten Worte, die der Schnurrbärtige von sich gab, bevor er sich in Luft auflöste, indessen das Feuer im Kamine zur Neige ging und die Sonne draußen *peu à peu* das in glühendes Rosa getauchte Firmament zu erobern begann.

Unsere Reiter des Friedens hatten verstanden und stürzten die Wendeltreppe hinab zu ihren Pferden. Als erstes schwang der *King* sich in den Sattel von *Conébert*, seines schwarzen *Araber*-Hengstes, dann die beiden Damen in die Sättel ihrer weißen Stuten *Conégonde* und *Martha*.

„Hü!" rief der wolfsumworfene *Ritter Conébert* zu, presste seine Schenkel gegen den Rücken des Tieres und galoppierte los, *Hélène & Adélaïde* hinterher.

Zurück auf Schloss Natalia

Nach einer Weile verlangsamten sie ihr Tempo, denn es ging hinunter den schmalen Pfad des Berges, wo hoch oben die Jenseitsburg thronte. Über ihnen das mit Pulverschnee bestäubte Zederndach, erreichten sie schließlich wieder die weite Ebene.

Die eiskristallene Fläche warf gebrochen zurück das Licht einer winterlichen Frühsonne. Hie und da jagten die ersten Falken.

Der Herr Der Zedern oder Ritt Zum Jüngste Gericht

Irgendwann sahen sie den Saum des Kastanien-Wäldchens, von wo sie losgeritten waren. Bruder *Heinrich* wartete bereits mit einer flammenden Fackel, mit welcher er in der Ferne geheimnisvolle kreisende Zeichen in die kalte Morgenluft malte.

„*Bonjour tout le monde! Je vous ai déjà attendu!*"

„*Bonjour Henry! Quel matin divin, n'est-ce pas?*"

„*Oui comme le sixième jour! Quand Dieu créa l'homme!*"*

Dann führte *Heinrich* die beiden *Araber*-Stuten mit *Madame & Madame* fort aus dem Kastanien-Wäldchen und dann durch den Park in die Stallung zurück. Der *King* blieb ebenfalls sitzen im Sattel, ritt langsam hinterher und stieg erst ab, als sie auf das Gehöft stießen.

Mit seiner noch brennenden Fackel geleitete der Kammerdiener unsere drei Mitwisser ins Schloss.

Erneut kam Schnee auf und weiße Flocken wirbelten durch den verfrorenen Oleanderpark, den *Helios*† zunehmend tiefer tauchte in das Feuerbad seines aufglühenden Planeten, trotzdessen eine frische Decke jener weißen Flocken sich durchzusetzen vermochte.

Nachdem *Heinrich* im Salon mit ein paar Tassen heißen Tees unsere Ankömmlinge verwöhnt hatte, verschwanden sie auf ihre Gemächer und fielen, von Müdigkeit übermannt, nackend ins hohe Bett.

Hélène hieß die neue Hausherrin, die *Domina* dieses Schlosses, das viele Jahre leer gestanden ward und nun wieder in Tritt geriet. Selbstver-

---

Guten Morgen, allerseits! Ich habe Sie schon erwartet!
Guten Morgen, Heinrich, was für ein herrlicher Morgen! Meinen Sie nicht auch?
Ja, wie am sechsten Tag! Als Gott den Menschen schuf!
† *(griech. Mythologie) Sonnen-Gott, Sohn des Hyperion u. der Theia*

ständlich war das größtenteils *Heinrichs* Bemühungen geschuldet, denn wie Sie, lieber Leser, wissen, führte der Kammerdiener sein Amt mit der Akribie eines Sado-Masochisten aus. Er wienerte alles blink und blank, bis manches Möbel gar seinen Schellack verlor und das rohe Holz zum Vorschein kam. Die schweren Gardinen hing er öfter als notwendig ab, zog sie durch hochtemperiertes Wasser und schrubbte an ihnen herum, dass der kostbare Damast darunter litt. Dann hing er sie klatschnass wieder auf ihre Stangen und hätte bei einer solchen akrobatischen Veranstaltung fast ein Bein sich gebrochen, als er die Leiter, mit dem klatschnassen Firlefanz über seiner Schulter, zu ersteigen sich erdreistete.

Doch *Hélène* nahm davon wenig Notiz, schließlich kannte sie ihren *Heinrich* und wusste, dass dieser Mann unkaputtbar war, ähnlich einer *Chinesischen* Vase , die auf den Boden fällt, ohne auch nur den geringsten Kratzer davon zu tragen. Ihren *Heinrich* verglich die Hausherrin mit einem robusten *Chinesen*, der trotz seiner nervlichen Sensibilität sich immer wieder auf die Füße zu stellen wusste; eben kein Jammerlappen war wie manche seiner Kollegen, die drauflos zu flennen anfingen, wenn ihnen irgendeine Laus über die Leber lief.

Die Pelze bürstete er noch ab, bevor er selbst aufs Ohr sich haute. Erst gegen Abend stand er auf, befeuerte den Kamin und malträtierte dann mit einem gewaltigen Schlägel die goldene Schale eines gewaltigen Gongs im düsteren Treppenhaus.

Der Herr Der Zedern oder Ritt Zum Jüngste Gericht

„*Levez-vous! Il est temps! Levez-vous!*"* brüllte er durchs Gemäuer, dass die Bleiverglasung bald aus ihrer Rahmung gesprungen wäre.

Zurück in den mittlerweile aufgeheizten Saal lief *Heinrich*, steckte wenige Pechfackeln in Brand und kümmerte sich um das *dîner*. Es sollte gebratene Tauben mit Hammelfleisch-Soße und Kroketten geben, dazu einfachen Endivien-Salat; ein Gericht aus *Heinrichs* eigenmächtiger Spezialküche. Als *dessert* waren im Visier geröstete Motten in Fliegenkompott sowie zu trinken, vergifteten *Madeira* er anzubieten gedachte.

Es dauerte nicht lange, bis der ganze Verein unten war und an den hochzüngelnden Flammen in der Esse sich erfreute. Denn man muss bedenken, dass im gesamten Schlosse Väterchen Frost regierte und der Salon den einzigen Ort darstellte, wo ein wärmendes Feuer zu brennen pflegte; vergleichbar der Wärmestube, dem *calefactorium*, eines mittelalterlichen Klosters. Aber zu beten, brauchten unsere Herrschaften nicht, außer der frommen *Hélène*, welche *Jesus Christus* jeden Abend anrief, bevor sie ihre Lider schloss. Und wenn man überhaupt betete, so galten diese Gebete in der Regel der Finsternis.

Seinen Fraß servierte *Heinrich* im kerzenumleuchteten Speisesaal, einer Art klösterlichen *Refektoriums*, als sie plötzlich Schreie hörten und die gebratenen Tauben aus ihren Mäulern davonzufliegen drohten.

Der Kammerdiener lief sofort in die Wärmestube, bewaffnete sich mit dem Schürhacken des Kaminbestecks, riss eine Pechfackel von der Wand und rannte ins Treppenhaus. Dann meinte er, ein Kind weinen zu hören, stieß die Kellertüre auf und stürzte die Wendeltreppe hinab, wann

---

**Aufstehen! Es ist Zeit! Aufstehen!*

er schließlich in den Gewölben sich befand. An den Felswänden brannten *Ewige Lichter* und von der Decke herab rann Wasser, das irgendwo im Nirgendwo versickerte. Jetzt lief er tief in einen Stollen hinein, aber außer einer Ratte, die beim Anblick der Fackel schleunigst das Weite suchte, war nichts auszumachen. Darauf lief er wieder zurück und kaum dass er die Wendeltreppe erreicht hatte, meinte, irgendein Kind erneut wimm're. Sicherlich eine akustische Fata Morgana, redete *Heinrich* sich ein, um die Angst von seiner Seele zu nehmen. So betrat er die ersten Stufen und schwang sich mit der flammenden Fackel nach oben.

Der *King*, wie üblich am Kopfende sitzend, löste seiner Taube gerade ihren Halswirbel heraus, als der Kammerdiener in den Speiseraum gestolpert kam und vermeldete, nichts der Aufregung wert wäre. Unser Trio atmete auf, was *Hélène & Adélaïde* beflügelte, ihre Kroketten mit umso größerer von Freude gekrönter Gelassenheit in die glitschige Hammelsoße zu tauchen.

Dann lief *Heinrich* mit einer Karaffe seines präparierten *Madeiras* um den Tisch und schenkte jedem ordentlich ein. Es waren wuchtige Römer aus geschliffenem Kristall, in denen er das Teufelsgebräu verschwinden ließ.

„*À votre santé et au château de Nathalie!*"* rief *Heinrich*, wobei er selbst einen Schwenker hochhielt, in dem er aber nur billigen Portwein gleichen Kolorits versenkt hatte, so dass seine Täuschung unbemerkt blieb.

„*À Henry!*" erwiderte der *King*, nachdem er und seine beiden Jenseits-Gefährtinnen sich erhoben hatten und ihre Gläser leerten, ohne auch nur

---

*Auf Eure Gesundheit! Auf Schloss Natalia!

einen einzigen Tropfen zurückzulassen, was unseren Kammerdiener dazu bewog, im Handumdrehen nachzugießen. Auch den Nachguss ließ unser Trio sofort seine Kehlen hinunterlaufen, als der *King* ein nicht standesgemäßes »*ahh*!« von sich gab, was bekundete, wie köstlich doch dieser Wein sei.

Sie nahmen Platz und machten sich über die gebratenen Vögel wieder her.

Zwischendurch schenkte der Kammerdiener fleißig nach, und das ausgeblichene aber frisch gestärkte Tischtuch begannen die ersten Tropfen roten Blutes zu zieren. Des Eindrucks konnte man sich nicht erwehren, *Veronika* mit an der Tafel säße.

Als sie die toten Vögel hinter sich gebracht hatten, doch *Hélène* die Hälfte ihrer Taube stehen ließ, kam der Butler mit seinen gerösteten Motten in Fliegenkompott und grinste gleich *Doktor Frankenstein* in seinem Human-Labor. *Heinrichs* Human-Labor war die Küche und seine Utensilien hießen Säge, Hackebeil und Vorschlaghammer.

Mit Räubergier, die ihnen in den Augen geschrieben stand wie die Buchstaben einer satanischen Bibel, schlangen sie den Mottenkompost samt Fliegengetier herunter.

Ihre *Madeira*-Schwenker balancierend, suchten sie wieder Zuflucht im wärmenden Salon, denn wie in allen übrigen Räumen des Schlosses herrschte auch im Speisesaal dieselbe Kälte.

Heinrich war mit Abwaschen in Beschlag genommen, als die Gäste eintrudelten. *Hélène* hatte geladen, um ein wenig zu feiern.

Es war die Nacht vor Totensonntag.

Alexander Sergejewitsch

Auf der Schwelle standen der emeritierte *Professor Vakulenko* mit seiner Frau aus *Jekaterinenburg*, wo er an der dortigen Kunstakademie Ästhetik gelehrt hatte, sowie der Russische Porträtist *Professor Stroganovich* mit Gattin aus *Moskva*.

„*On sonne à la porte, ce sont sûrement mes invités, Henry!*"

„*Bonjour bienvenu au château de Nathalie! Je suis Henry le servant de Madame Hélène!*"

„*Bonjour Monsieur Henry! Pouvons-nous entrer?*"

„*Bien sûr, mesdames messieurs!*"*

Dann begleitete *Heinrich* die Hohen Gäste in den Empfangs-Saal, wo unsere Friedensrichter in brokatbeschlagenen Sesseln Platz genommen hatten und sich austauschten über die weltfernen Erfahrungen mit jenem seltsamen *Herrn der Zedern*, oben auf der Niemandsburg.

Überall züngelten Flammen:

An den Wänden Fackeln.

Im Kamin loderte es lichterloh und mindestens ein Dutzend Kandelaber waren bestückt mit *Unserer Heiligen Jungfrau* geweihten Kerzen.

Als die beiden Ehepaare den in Lichterflut getauchten Saal betraten, erhob unser Trio sofort, lief auf die Ankömmlinge zu und begrüßte mit Küsschen hier und Küsschen dort.

Es läutet, es müssen meine Gäste sein, Heinrich!
Guten Tag, willkommen auf Schloss Natalia! Ich bin Heinrich, der Diener von Madame Hélène!
Guten Tag, Herr Heinrich! Dürfen wir eintreten?
Selbstverständlich, die Herrschaften!

Der Herr Der Zedern oder Ritt Zum Jüngste Gericht

*„Veuillez vous asseoir, mesdames messieurs! Mon château est à votre disposition!"** verkündete Hélène und beauftragte ihren Kammerdiener, Champagner zu bringen.

Die *Russischen* Herrschaften waren entzückt von diesem geheimnisvollen Gemäuer und ließen sich nieder auf irgendwelchen Sesseln unweit des mächtigen Feuers, das *Heinrich* ständig nachzufüttern gezwungen war, so schnell verzehrten die gefräßigen Flammen das Kastanienholz, das er im vergangenen Sommer geschlagen hatte in dem Wäldchen, wo er letzte Nacht die Pferde gesattelt hatte.

„Was macht die Kunst, *Professor Stroganovich?*" forderte *Hélène's* Ehemann den Maler von der *Moskwa* heraus, während die Hausherrin mit ihren Damen sich zusammengerottet hatte und die Vierer-Runde einen Beistelltisch umlagerte, als *Heinrich* auch schon eisgekühlten Champagner servierte.

„Ach, die Kunst, *Monsieur Bérnard*, die Kunst ist Nebensache, vielmehr ist es der Mensch, auf den es ankommt!" lamentierte *Stroganovich* vor dem wärmenden Feuer.

Gebannt hörte der Emeritus von der *Isset, Professor Vakulenko*, der Unterhaltung zu, denn bereits früh hatte der Gelehrte aus *Jekaterinenburg* ein Faible entwickelt für die Eindrucks-Philosophie des *Louvre-Papstes*, wo der *Pariser* den *»Homo-Mensura-Satz« »Omnium rerum homo mensura est«*, *dass der Mensch das Maß aller Dinge sei*, unausgesprochen hochhielt. Der Leser möge sich erinnern an jenen denkwürdigen Vortrag, als *Professor Bé-*

Möchten Sie Platz nehmen, die Herrschaften! Mein Schloss ist Ihr Haus!

rnard seine Studenten darüber aufgeklärt hatte, wie subjektiv-ästhetisch der *Parthenon* funktioniere und dabei von der Schummel-Physik des menschlichen Auges sprach, welche *Phidias* in seiner Architektur berücksichtigt hätte, um der Subjektivität der menschlichen Wahrnehmung gerecht zu werden. Und genau das war, zu dem der *Russische* Porträtist sich nun aufschwang. Es komme auf den Menschen eben an und weniger auf die Kunst oder um mit der Zunge des *Parisers* zu reden, weniger auf das Werk, das er, der im Fokus stehende Mensch, schüfe.

Doch gestatten wir uns herauszunehmen, dass gerade das Werk es ist, in welchem das Maß aller Dinge sichtbar wird. Mit anderen Worten ohne Werk kein Mensch existiere, oder um mit der mentalen Zunge des *Parisers* nochmals zu sprechen bzw. dessen Philosophie zu deuten, ohne gutes Werk, dass der Mensch vollbringe, es keinen Himmel gebe.

Rufe der Leser die Zeichnung des hochgelobten *Leonardo* in sein Gedächtnis*, wo das Universal-Genie aus *Anchiano* mit seinem *Vitruvianischen Menschen* dem »*Homo-Mensura-Satz*« Ausdruck verlieh.

Es ist das Bild des *Vitruvianischen Menschen*, das *Hélène* in ihrem früheren Leben abgegeben, wenn sie gelegen hatte, gefesselt auf einem Bette in einer *Sibirischen* Jagdhütte, und drei betrunkene *Taiga*-Verbrecher sich an ihr vergingen.

---

*„Der Vitruvianische Mensch" (Zeichnung um 1490, Galleria dell' Accademia, Venedig) von Leonardo (1452 bis 1519)

Der Herr Der Zedern oder Ritt Zum Jüngste Gericht

Denn sie war so schön wie der Himmel über dem Ural

Und ihre Haut war so weiß wie der frische Schnee von Jekaterinburg

Und ihre Augen funkelten

Wie das frühe Licht über den Wäldern eines sibirischen Winters

Hélène führte im Übrigen eine selbstgemalte Nachahmung dieser *Vitruvianischen* Figur stets bei sich. Bereits in der *Villa Cahn* bei der von *Mozart* in Szene gesetzten Emeritierung von *Professor Vakulenko*, als sie unserem Wolfsherrn und *Ritter* der Gerechtigkeit das erste Mal erschien, hatte sie den *Vitruvianischen Menschen* unter ihrem weißen Kleide versteckt.

Kaiserin *Kleopatra* krönte dies alles mit einer glanzvollen Kette um ihren Hals.

Bérnard wurde mit der Zeit immer bewusster, weshalb er seine *Hélène* so sehr liebte und zur Frau sie genommen hatte.

Doch wenden wir uns wieder der Debatte zwischen dem Porträtisten und unserem fahrenden *Ritter* zu.

„Ich ließ Sie ja schon damals auf Ihrem Hochzeitsball in *Allemagne, sur la rive du Rhin*, wissen, wie glücklich ich wäre, falls unser vorletzter Präsident noch lebte. Ich erzählte Ihnen ja, dass ich unseren Zaren — wenn es mir vergönnt sei, derart zu formulieren — nur wenige Monate zuvor porträtiert hatte, und er dann hingerichtet wurde. Ja, das Attentat, das man auf ihn verübte, glich einer wahren Exekution: siebenundsiebzig Schüsse aus einer *Kalaschnikow*, und den Täter beziehungsweise seine Hintermänner hat man bis heute nicht fassen können oder nicht fassen wollen, je nachdem, wie man die Sache sieht. Auf die eine oder andere Weise fühle ich mich für seinen Tod verantwortlich, eben weil ich ihn gemalt hatte. Irgendwie werde ich das unterschwellige Gefühl nicht los, an seiner Ermordung Mitschuld zu tragen. Ich mache mir große Vorwürfe, *Monsieur*", klagte der *Russische* Künstler.

„Ich kann Sie verstehen, *Monsieur Stroganovich*", mühte der *King*, seinen Worten entgegenzukommen, doch blieb er mit seinen beistehenden Worten auf halbem Wege, denn untröstlich schien der Porträtist von der *Moskwa* zu sein. Er machte den Eindruck für etwas büßen zu müssen, zu was er höherer Gewalt wegen verurteilt sei und das war der Punkt am Ende des halben Weges, wo sein Schicksal gleichzog mit dem unseres *Ritters*. Auch *Stroganovich* war Novize im Orden der Unwissenheit, weil eintausend Fragen auf seiner Seele lasteten wie ebenso viele auf derjenigen des *Pariser* Gelehrten, dem der einstige Fortgang seiner damals noch unverheirateten Frau als ein *Buch mit Sieben Siegeln* erschien.

Der *Russische* Künstler und der *Französische* Geisteswissenschaftler als auch Romancier verstanden sich auf Anhieb.

Was den Romancier aber stutzig machte, war der Tod eines nicht letzten, sondern vorletzten *Präsidenten*. Zwangsläufig musste er an den vorletzten Raub der »*Mona Lisa*« des *Bernardo von Palermo*, der falschen »*Mona Lisa*«, aus seinem Musen-Palast an der *Seine* denken. Doch hatte man dieselbe wieder auftreiben können, bevor sie ein zweites Mal von den Wänden des Wolfsbaus* gestohlen wurde.

Annahme, wonach der Name „Louvre" von lat. „luperia" (dt. Wolfsbau) sich ableite

Der Herr Der Zedern oder Ritt Zum Jüngste Gericht

In diesem Falle hatte ein Maler Schatten auf einer Leinwand hinter-lassen und war dann samt seinem Modell auf Geheiß eines kunstbeses-senen Sammlers aus *New York* durch das Fallbeil zu Tode gekommen.

Dass jenes vor etwa dreihundert Jahren ermordete Modell *Hélène* ge-wesen ist, entzog sich der Kenntnis aller im Salon Anwesenden ein-schließlich *Hélène* selbst.

Zuvorderst lebten der *King* und seine *Dulcinea* in der Vorstellung, ge-macht zu sein aus Staub, um nach einer einzigen irdischen Prüfung in den Schoß *Gottes* zurückzukehren. Die Parfumeuse vom *Place Victor-Hugo* und der *Professor* von der *Sorbonne* betrachteten in dieser Bewandtnis sich als ganz gewöhnlich Sterbliche, obgleich sie es nicht waren, weil heimge-sucht von Fluch.

Bernardo von Palermo, der einst seine Muse *Natalia Domina* auf *Florenti-ner* Leinen verewigt hatte, um ihren malerischen Widerschein der Nach-welt zu vererben, war aus der Unterwelt zurückgekehrt in der Rolle des *Louvre*-Direktors, Universitäts-Gelehrten und Dichters, um sein einstiges Modell *Natalia* in der Rolle seiner *Hélène* zu ehelichen.

„Ich kann Sie verstehen, *Monsieur*", wiederholte der *King*, „nicht von ungefähr befürchten Urwäldler ihren photographischen Reflex, ihren Schatten, da sie meinen, das Lichtbild stähle ihre Seele, gar kämen sie um."

„Das ist doch gottverfluchter Aberglaube, *Professor Bérnard*, nichts wei-ter! Ich bin auch Wissenschaftler, habe mein Leben der Logik gewidmet und nicht der Alogik irgendwelcher Ängste, deren Gründe in Unwissen-heit wurzeln", verteidigte sich der Porträtist.

Alexander Sergejewitsch

Unser *Professor* war in diesem Augenblicke gezwungen, sein *Paulinisches* Credo ins Bewusstsein sich zu rücken, dass ohne Liebe der Wissende ein Nichts sei, welcher nichts versetze. Würde der Porträtist Berge versetzen können, fragte er sich und kam zu dem Schlusse, dass sein Gesprächspartner der Liebe entbehre. Denn wie könne man an Zahlen-Algebra glauben, synthetisches Gespinst aus Unbekanntem und Bekanntem, ohne *eigentlichen* Glaubens zu sein? Das schien ihm zu erklären, weshalb der Künstler von der *Moskwa*, aber auch er selbst von Schuldgefühlen geplagt waren, in dem einen Falle den Tod eines *Präsidenten*, in dem anderen, seinem Falle, das Ende einer Liebesbeziehung herbeigeführt zu haben. Noch immer quälte den *King* die Frage, warum *Hélène* vor ihrer Ehe ihn verlassen hatte. Irgendwie müsse etwas dran sein, dem Zusammenhange zwischen Bild und Tod, grübelte er weiter.

„*Monsieur*", erwiderte unser *Ritter*, „was nutzen uns Wissenschaft, *Newton's* Kosmos, *Biblische Rollen* und ein Buch mit *Sieben Siegeln*, das wir zu verstehen vorgeben, wenn wir an Bilder glauben und nicht an den Einzigen und Wahren?"

„Wie meinen Sie das, mit dem »*Einzigen und Wahren*«?"

„Ich meine, wir müssen zurückfinden zu demjenigen, der uns geschaffen hat, *Gott*! Und dann erscheint uns ein Bild als das, was es ist, eben *nur* ein Bild, nichts weiter. Es verliert dann seine Macht über uns, sind nicht mehr ausgeliefert der ewigen Verführung Götzen geflochtener Fallstricke. Wessen wir brauchen, ist die Liebe! Zu lieben ist die Voraussetzung zu verstehen, was wir in unseren Gelehrten-Gehirnen tragen, seit

Der Herr Der Zedern oder Ritt Zum Jüngste Gericht

wir *Platon's* Akademie verließen, die *Alma Mater**, um ins Leben entlassen zu werden. Als Wissenschaftler haben wir für die Wissenschaft da zu sein, ihre Erkenntnisse an unsere Studenten weiterzugeben, unserer Nachwelt Wahrheiten zu hinterlassen. Wissen wird Wahrheit, und Wahrheit wird Weisheit, falls *Gott* in unseren Herzen wohnt, und die Schuld, die auf uns wir geladen haben, seit wir geboren sind, wird genommen von unseren Schultern. Doch solange wir Bilder verehren, entfalten diese Bilder ihre zerstörerische Kraft und werden Fallbeile auf dem Platz der Revolution der Liebe! Wir sind gezwungen zu bekennen, *»dass wir bloß der Staub sind, der unter Sohlen klebt, wenn der Wind über die Gasse fegt«,* und dann verlassen uns Habgier, Leidenschaft und falsch verstandene Macht. Das Lasterwerk, das wir uns zimmern, entspringt einzig und allein der Quelle unseres Unglücklichseins. Genug können wir nicht bekommen, weil das, was wir in materieller Hinsicht bereits besitzen, uns nicht glücklich macht, und versprechen uns von dem berühmten *»mehr«* die Lösung des emotionalen Zerwürfnisses mit uns selbst, die Rettung aus dem Kerker der Einsamkeit, da ohne Liebe!"

Hélène, welche mit ihren Damen in nächster Nähe den Beistelltisch in Beschlag hatte und über Pferde sich ausließ, genauer gesagt, warum sie ihrer *Conégonde* so sehr verbunden sei, dieser zauberhaften *Hélène* wurde plötzlich ganz heiß. Sie fing an zu schwitzen, ein Rot zeichnete sich ab auf ihren Wangen und sie verstummte. Erneut musste sie sich zu Bewusstsein führen, dass ihr Mann des Öfteren davon gesprochen hatte, Katzenkadaver angebetet zu haben, und war letztlich froh, dass sie selbst

---

* *„nährende Mutter" (lat.), Bezeichnung für Universität*

kein Kadaver war, dafür aber eine lebendige Katze mit Löwenmähne, und der Gedanke, dass *Bérnard* sie geheiratet hatte, ihr imponierte. Denn in ihr hatte der *Professor* eine Katze gefunden, die ihm — seines früheren Betrogen-Werdens zum Trotze — Glück bringen sollte. Seitdem er *Hélène* kannte, begann er, von dem Mühlsteine um seinen Hals sich zu befreien, zu klettern aus dem Verlies *Combourgscher* Prägung.

Ja, heimlich gelauscht hatte sie dem philosophischen Potpourri, das ihr Gespons vor den Flammen zum Besten gab.

„Sie sind also der Ansicht, verehrter *Bérnard,* dass nicht ich es bin, der für den Tod des vorletzten *Präsidenten* sich zu verantworten hat, sondern mangelnder Glaube oder, wie Sie formulierten, fehlender *wahrer* Glaube, der Glaube an den »*Einzigen und Wahren*«?"

„Ganz richtig, *Monsieur,* genauso wenig wie das *Russische* Volk an ihren *Präsidenten* glaubte, genauso wenig glauben die Gäste des *Louvre* an das, was hinter der falschen »*Mona Lisa*« steckt, weshalb die *Palermische* Siegesfeier in Öl das erste Mal gestohlen wurde. Zu was meine Gäste beten, ist ein Bild und nicht dessen göttlicher Geist, der diesem Bilde zwar nicht innewohnt, aber ihm jene Kraft verleiht, die meine Besucher fesselt und warum sie scharenweise zu uns finden, um mit ihrer Kamera zu bannen, was nicht zu bannen ist. Der Urheber dieser Ikonen-Konkurrenz *Leonardo´s, Bernardo von Palermo,* starb mit seiner Geliebten nicht umsonst auf der Guillotine. Die Liebe zur Erscheinung wurde ihm und ihr, seinem Modell, zum Verhängnis, weil ein kranker Falke aus *New York* nicht alleine die falsche »*Mona Lisa*« in die Sammlung seiner Götzenbilder aufzunehmen gewünscht hatte, sondern zuvorderst seinen »*Rückenakt einer aus dem Wasser steigenden Nymphe*«. Der Maler brachte es nicht zustande, diese beiden Bilder zu veräußern! *Doktor Falconi* schaute in die Röhre und schwor Rache, der *Sizilianer* starb, ein *Russischer* Dichter seiner Eitelkeit wegen sowie Verschmähte aus dem Zeitalter eines *Deutschen* Romantikers willentlich unseren Planeten verließen. Und warum dieses alberne Affentheater? Jawohl, *Monsieur*! Albernes Affentheater! Weil uns Menschen der *wahre* Glaube fehlt, der Glaube an uns selbst und unsere Mitmenschen, denn *Gott* schuf uns alle nach seinem Bilde! Das *Russische* Volk fiel vom Glauben ab, verehrte stattdessen Ihre Leinwand wie dieser kranke *New Yorker* die beiden Leinwände des *Palermer* Malers, und die Eingeborenen nehmen Photographie für bare Münze. Bilder sind nur Bilder! Nein, *Monsieur*, ich darf Sie beruhigen, Schuld an alledem ist die Illusion! Nähme man uns Menschen die Illusion, gäbe es keine Kriege und Liebe wäre nicht zum Scheitern verurteilt!«

Mit diesen letzten Worten, umflogen von Motten aus der Kiste *Griechischer* Antike und buddhistischer Genugtuung, beendete der *King* seinen vorläufigen Monolog und warf einen Blick hinüber zu den Damen am Beistelltisch, wo *Hélène* noch immer von der Schönheit der Pferde begeistert erzählte.

Welch ein schönes Pferd sie selbst doch sei, dachte der *King* in diesem Augenblicke und erinnerte sich an was das maskierte Monster ihm geantwortet hatte auf seine Frage, weshalb die Höllentafel des *Jüngsten Gerichts* in dessen Pferdekirche nicht bemalt sei: da Pferde ohne Sünden seien! Und erst jetzt vermochte der *King* seiner Herzensdame zu verzeihen, denn *Hélène* war die Seele eines Pferdes, eines zwar wilden, wenn er darüber reflektierte, wie zornumflutet sie manchmal sein konnte, eines zwar wilden, aber immerhin eines Pferdes, von welchem andere wilde Pferde ihn hätten nicht fortreißen können. Nun meinte er — gleich damals im *Café de Flore*, als er *Quasi Modo's* Glocken zu vernehmen fühlte — von irgendwo weither jene wunderbare Melodie zu hören, die ihn verzaubert hatte auf ihrem Hochzeitsball im *Dreesen*-Paradies in *Allemagne* nahe der *Villa Cahn*, wo ihm seine *Caravaggio-Madonna* das erste Mal über den Weg gelaufen ward: »*wild horses couldn't drag me away*«! Völlig benommen mit glasigem Blicke schaute er in eine hochschnellende Flamme und sah, wie ein Kastanienscheit zu Asche zerfiel. Sollte er es endlich geschafft haben, inneren Zugang gefunden zu ihr, den Schlauch *Athanor's* mit seinem Himmel, seiner *Botticellinischen Venus*, zu verbinden? Tote Katzen tote Katzen sein zu lassen, um sich Löwenmähnen hinzugeben? »*Aus sich herausgehen zu müssen, um aus sich herausgehen zu können*«? Dem Eremiten der Liebe in sich Gehör zu verschaffen? *Rodin's* »*Denker*« zu immaterialisieren und gleichzeitig mit *Charles Garnier* das Leben zu feiern? Mit seiner *Pamina* und er selbst in der Rolle *Tamino's* in *Garnier's* Opèra seine über alles geliebte *Zauberflöte* zu hören, und *Rodin* lediglich einen Bildhauer sein zu lassen? Die ewigen Werte dahin zu verfrachten, wo sie hingehörten, an *Platon's* Ideen-Himmel? Ein einziges Mal in seinem bis vor Kurzem gottverfluchten Leben alles herum zu vergessen, um mit *Hélène* marmorne Treppen zu besteigen, unter goldener Glitzerlüsterei zu flanieren und aus *Afrikanischen* Urinalen purpurnes Blut zu trinken?

Hélène war seine *machine de Marly*, der Lebensquell *Versailles'*

François-René de Chateaubriand's JENSEITSGRAB

Der Herr Der Zedern oder Ritt Zum Jüngste Gericht

Marcel Proust's VERLORENE ZEIT

Joseph Conrad's HERZ DER FINSTERNIS

Ernest Hemmingway's ANDERES LAND

Truman Capote's TIFFANY-FRÜHSTÜCK*

Doch darauf wurde unser Minne-*Ritter* wieder gefordert.

„Schön und gut, *Monsieur Bérnard*", entgegnete der *Russische* Porträtist, „Glaube und Liebe und Illusion, dann der Tod des vorletzten *Präsidenten* und der vorletzte Raub der falschen »*Mona Lisa*«, wo sind die Zusammenhänge? Erklären Sie mir das bitte etwas deutlicher, *Professor Bérnard!*"

Der Emeritus von der *Isset* war ganz Ohr, denn selten hatte er einer solch enigmatischen Konversation beiwohnen dürfen.

„Sehen Sie, *Monsieur*, weshalb malte der *Palermer* seine *Lisa*, und Sie den *Präsidenten*? Weil es Liebe war, bei dem *Sizilianer* die Liebe zu einem Weib, bei Ihnen diejenige zu einem großen Politiker. Nichtsdestoweniger in beiden Fällen es sich um Schatten handelt, wenn ich die Sprache des *Schwarz-Afrikaners* anschlagen darf. Der Schatten hinterfängt den Abgebildeten mit einem Fluch, von dem eine tödliche Kraft ausgehen kann. Denken wir beispielsweise an das Porträt der *Spanischen* Infantin *Margarita* in dem berühmten *Prado*-Gemälde der »*Hoffräuleins*«. Siebzehn Jahre später sollte *Velázquez' Margarita* sterben. Eben hatte ich ja darauf insistiert, dass der Glaube des Betrachters an das schiere Bild, das heißt an Farbe, Form und Leinwand, den Tod des Abgebildeten vorweg zu nehmen imstande ist. Der Tod folgt uns auf Schritt und Tritt, wir alle sind

---

* *bedeutende Romane des 18. bis 20. Jhd.*

81

bloß Ochsen in der Deichsel der Illusion. Illusionen sind Schall und Rauch, und Porträts der Versuch, der zu malenden Person habhaft zu werden mit einem imaginären Lasso, ähnlich dem Wildpferdefänger im Sattel der *Provence*. Doch weder Seelen von Menschen noch Wildheit von Pferden lassen sich in Käfige sperren!" predigte der *King* und hörte dabei wieder seine Melodie der »*wild horses*« in seinem Kopfe.

Wie sehr hatte er alles unternommen, seine *Hélène* zu zähmen, was ihm aber nicht gelungen war. Erinnern musste er sich unwillkürlich, mit welch einem scharfen *Nein* sie sich verweigert hatte, ihn zu begleiten zur Ausstellungs-Eröffnung mit Gemälden des *Bernardo von Palermo* im *Musée d'Orsay*. Nicht von ungefähr trug *Hélène* ihre Löwenmähne.

Sie war ein Raubtier voll der Liebe nimmer versiegender Flüsse, nimmer versiegenden Wassers, nimmer sterbender Heiligen in den Mangroven-Sümpfen einer irrationalen Welt.

„Wenn wir uns das einbilden", resümierte er, „sind unsere Modelle zum Sterben verurteilt, *Monsieur Stroganovich*!"

Der Porträtist schluckte!

Natalia stand ihrem ermordeten *Sizilianer* Modell, wiedergeboren als *Hélène* stand sie unserem wolfsumworfenen *Ritter* und *Madonnen*-Anbeter in geistiger Hinsicht Modell, Grund für ihn, instinktiv sich Sorgen zu machen um seine *Botticellinische Venus*. Immerhin hatte sie beinahe ihr Leben lassen müssen jener in Duell-Pistolen vernarrten Monster-Bestie *Alessandro* wegen.

Madame Stroganovicha am Deistelltisch wurde nun auch ganz Ohr, wandte sich ab von der dort geführten Debatte über Düfte, Pelze und

Liköre. Zwangsläufig ereilte sie der Gedanke, dass ihr Mann sich inner-
lich eingegraben, nachdem man den *Präsidenten* umgebracht hatte, eingegraben wie ein Soldat im Felde vor dem Ansturm der Truppen *Bonapar-
te´s*. Auch sie hegte den Wunsch, in Erfahrung zu bringen, inwieweit ein
Porträtist Mörder seiner Modelle sein könne. Hatte ihr Mann sich als
Gott verstiegen, wenn er meinte, mit seinem Pinsel Seelenfänger spielen
zu dürfen und war über dieser einem Menschen nicht zustehenden Her-
ausnahme in Verzweiflung geraten? Hatte das *Sizilianische* Genie einst
dasgleiche versucht? Oder war es befleckte Liebe zu deren Modellen?
Hatten ihr Mann und das *Russische* Volk den vorletzten *Präsidenten* zwar
geliebt, aber zu wenig an ihn geglaubt, infolge ihr Gatte der Versuchung
anheimgefallen war, dessen Seele zu verewigen, das *Russische* Volk dazu
übergegangen, die Putschversuche der alten Liga zu unterstützen? *Madame Stroganovicha* konnte sich daraus keinen Reim machen. Hatte *Bernardo
von Palermo* zu sehr an Licht und Kolorit geglaubt, als dass er besser daran
getan hätte, nicht die Seele seiner *Natalia* in Öl zu bannen und anstatt, sie
noch mehr zu lieben wie der *Italienische* Maler es bereits zu Lebzeiten tat,
wofür die Strahlkraft seiner »*Mona Lisa*« Pate steht? Das waren die Fragen, welche nun auch *Madame Stroganovicha* bewegten, aber ebenso *Hélène*
und ihre Busenfreundin, *Adélaïde Delacroix*, weshalb die am Beistelltisch
geführte Debatte über Düfte, Pelze und Liköre verblich wie das Gesicht
einer Toten.

Das Kaminholz brannte lichterloh und sorgte für eine wohltemperier-
te Wärme, welche die Gemüter aller Anwesenden in einen leichten Tau-
mel andachtgeschwängerten Zuhörens versetzte, falls sie sich in demsel-

ben noch nicht befanden. Zwischendurch kreuzte immer wieder *Heinrich* auf und servierte numinose Cocktails, erlesene Weine, aber auch Wasser und Säfte.

Es kam einem Hieroglyphen-Kolloquium gleich, das gehalten wurde hier auf *Schloss Natalia,* in dessen Gewölben die erste frühere Hausherrin, *Natalia Domina,* und ihr malender *Pygmalion** einst unter das Messer der Guillotine geraten waren: ungeordnet, sprunghaft und ohne Logik! Denn noch immer brannte den Versammelten die Frage nach dem »*Vorletzten*« auf den Nägeln: *vorletzter* Präsident und *vorletzter* Raub der falschen »*Mona Lisa*«.

„Schauen Sie", meinte *Professor Vakulenko,* der die ganze Zeit keinen Ton beigetragen hatte, „schauen Sie, *Monsieur Bérnard,* das mit dem Glauben, der Liebe und dem Schattenspiel der Illusion kann ich in etwa nachvollziehen, doch wie ist es bestellt mit dem sogenannten »*Vorletzten*«?" erkundigte sich der Gehlehrte von der *Isset,* weil ebenfalls er zu wissen begehrte, was die »*innere Konnotation*« sei zwischen *vorletzter* Politik und einem *vorletzten* Raub, derart der *Louvre*-Direktor formulieren würde.

„Gut", fuhr er fort, „beide Modelle mussten ins Gras beißen, weswegen in letzter Konsequenz auch immer, allerdings ist Ihre falsche »*Mona Lisa*« ans Tageslicht wieder gekommen, wohingegen unser *Präsident* in den ewigen Jagdgründen verschwunden ist."

„Ja zunächst für kurze Zeit, nachdem man das Bild das erste Mal geraubt hatte und *Commissaire Le Trou* es wieder beschaffen konnte. Aber

---

**Bildhauer in Ovid´s »Metamorphosen«, der eine Statue meißelt, in welche er sich verliebt, und dieselbe Göttin Venus darauf zum Leben erweckt* muss ich Sie enttäuschen, *Monsieur!*" nahm unser *Minne-Ritter* falscher Erwartung ihren Wind aus dem Segel und war im Begriffe, ein Geheimnis zu lüften, was er hätte besser nicht tun sollen, denn dass er die echte *Palermer*»*Mona Lisa*« zuzüglich des *Puschkin*-Mantels bei sich auf der *Île de la Cité* versteckt hatte und eine unechte *Palermer*»*Mona Lisa*« die Wände des *Louvre* schmückte, wussten nur seine *Madonna Hélène* und ihre gemeinsame Betschwester aus *Santo Domingo*, *Adélaïde Delacroix*.

„Was Sie im *Louvre* heute bestaunen, also den zweiten Wiederfund des Gemäldes", fügte der Musen-Direktor hinzu, „ist lediglich eine billige Kopie dieses *Tokajer*-Affen aus derselben Stadt, wo auch der Urheber des Meisterwerks herkommt, *Palermo!* Sie erinnern sich! *Signore* Alleswisser, letztes Jahr auf unserem Hochzeitsball im *Dreesen-Hotel!*"

Geheimnisse sind keine Geheimnisse mehr, sobald man sie aus dem Geheimen entlässt und ihnen damit ihre Zauberkraft nimmt. Das, wovon man nicht weiß, bezieht seine in diesem Falle heilbringende Wirkung aus dem Unbekannten, dem Verborgenen. Wie oft waren der Porträtist von der *Moskwa* und der Emeritus aus der Stadt *Katharinas* [*]* an der *Isset* — jedes Mal wenn sie sich in *Paris* aufhielten — in die berühmte Kunstkammer geeilt, um beim Anblick der vermeintlich echten *Palermer*»*Mona Lisa*« die Wunden ihrer Herzen zu versorgen. Doch nun erschien ihnen die Fälschung jenes *Italienischen* Clowns namens *Claudio* ein Götzenbild zu sein so wie für den *King* der Katzenkadaver auf Burg *Combourg*.

Empört schaltete Trauzeuge *Vakulenko* sich wieder ein:

Katharina [I] (1684 bis 1727) war zweite Ehefrau Peters [I], des Großen (1672 bis 1725), nicht zu verwechseln mit Katharina [II], der Großen (1729 bis 1796)

Alexander Sergejewitsch

„Das ist doch nicht wahr, Eminenz? Die »*Mona Lisa*« des *Bernardo von Palermo* im *Louvre* eine billige Kopie, *Monsieur*, und dazu aus der Hand dieser Lachnummer von einem Brechungs-Index-Experten?"

„Ja, ja, ja! Das Bild, weswegen viele die Hacken sich ablaufen, um in dessen gemutmaßter Wonne sich zu baden, sozusagen die Absolution sich erteilen zu lassen, ist weiter nichts als eine Fälschung, meine Herren! Da können Sie `mal sehen, was falscher Glaube bewirkt! Kennen Sie nicht jene berüchtigte Möchtegern-Prinzessin, *Anna Anderson*, welche vor mehr als dreihundert Jahren stets behauptet hatte, die echte *Anastasia Romanow** zu sein? Sie müssen wissen, sie war nicht die einzige Hochstaplerin *Romanowschen* Fieberwahns. Ich erwähnte einst Kommissar *Le Trou* gegenüber, der mit der Aufklärung des Diebstahls der besagten Kunst-Ikone zu tun hatte, dass Kunsthändler zwar mit falschen Ikonen handeln — die echten sind stets geweiht — aber in Wahrheit darin die Erlösung suchen, in diesem Falle gilt ihr Geschäft der Therapie ihrer Seelen- und Geistes-Beklemmnis. Worauf ich abhebe, meine Herren, ist die Magie der Einbildungskraft, das *Placebo* heuchlerischen Narzissmus!"

Die Herren waren entsetzt, denn hiermit gab der *King* der kulturellen Elite, vertreten durch zwei Gelehrten-Köpfe eines Reiches der Gegensätze, zu verstehen, dass sie hätten an der Nase sich herumführen lassen, mit anderen Worten sich selbst auf den Leim gegangen seien, ihrer eigenen Blendung erlegen gewesen, ohne zu wissen. Aber auch unsere beiden reizenden Damen vom Beistelltisch, die *Stroganovicha* und die *Vaku-*

Großfürstin Anastasia von Russland (1901 bis 1918), jüngste Tochter des Zaren Nikolaus II (1868 bis 1918) und der Zarin Alexandra Fjodorowna (1872 bis 1918) lenka, waren ganz baff, fühlten sich gedemütigt, schließlich repräsentierten sie mittels ihrer Schönheit die intellektuelle und künstlerische Autorität ihrer Gesponse. *Hélène & Adélaïde* hingegen konnte der aufgedeckte Selbstbetrug nicht sonderlich rühren, sie waren ja im Bilde, wussten, dass *Ritter Kunibert* die zusammengerollte Leinwand der echten *Palermer »Mona Lisa«* und den geheimnisvollen Mantel, um welchen die Musenwelt einen solchen Wirbel veranstaltete, bei sich daheim in der *Spanischen* Truhe hatte verschwinden lassen. So machten die *Russischen* Damen von der *Moskwa* und der *Isset* gute Miene zum bösen Spiel, behufs einer vermeintlich befürchteten Vorverurteilung seitens unseres Betschwestern-Paars zu entkommen. Was konnte unsere Damenkaste dafür, wenn die Herrenrasse in eine Grube fiel, welche sie selbst geschaufelt? Was konnte das süße Geschlecht dafür, wenn Größe lediglich aus Tapetenwerk besteht? Ähnlich dem Gemälde, über das der *Herr der Zedern* unsere Friedensreiter aufgeklärt hatte, wo in einem Spiegel königliches Geblüt als Zwergensaft sich entpuppt.

„Und dieser Narzissmus schlägt sich nieder in der Unbedingtheit, mit welcher Leute von etwas überzeugt sind, was Lug und Trug ist. Wie viele Männer lassen sich täuschen von schönen Frauen, da sie meinen, durch deren Besitz zum Höheren sich aufschwingen, etwas darstellen zu können auf dem Parkett der Eitelkeiten, fühlen sich gebauchpinselt durch die Schönheit einer Frau, von der sie begehrt zu werden meinen, prahlen nicht alleine vor sich selbst, sondern ebenso vor den Genossen ihres eigenen Geschlechts. Sie gehen aus, sind Gäste auf Soireen, um ihr Pfauenrad zu schlagen, und dazu bedienen sie sich des Instruments der Noblesse einer *señorita* oder *señora*. In der Regel spielen sie keine *Stradivari*, oft sind es verstimmte Niemandshölzer, auf welchen sie einen *Paganini* vorgaukeln. Führen Sie sich den *Komischen Heiligen* aus dem *Krieg & Frieden-Epos Graf Leo Tolstoi's* zu Gemüte, diesen Bruchpiloten im Geschlechterkampfe, diesen nickelbebrillten *Pjotr*. Seine *Yelena* ist bloß gefällige Attrappe einer verunglückten Kindheit, kurzum schön, zwar berechnend und nichtsdestoweniger dumm, wobei ich unter wahrer Schönheit etwas ganz anderes verstehe!" verlautbarte der *King* mit Musik in der Stimme und warf wieder einen Blick hinüber zu seiner *Hélène* am Beistelltisch.

Doch *Hélène* wurde flau vor Augen, sie musste an ihre eigene Kindheit denken, als sie hatte ihren geliebten Vater sterben, frühe Mädchen-Freundschaften zerbrechen und Klabauter-Männer Zwietracht stiften sehen müssen. Wie sehr *Bérnard* ihr aus der Seele sprach! Hatte ihr *Kunibert* ihr, *Kunigunde*, nicht einst zu vermitteln versucht, sie, *Hélène*, sei das *Heilige Buch*, in dem er auf immer und ewig zu lesen begehre, um dahinter zu kommen, wer sie eigentlich sei? Denn *Hélène* war für ihn — wie der grundlose Grund, weswegen sie ihn in grauer Vorzeit »*belogen und betrogen*« hatte — ein Buch mit *Sieben Siegeln*, die *Johannaische Offenbarung*, an welcher der *Professor* wieder etwas abgewinnen konnte, seit *Café de Flore*, wie überhaupt er es getan hatte im Zaubergarten der *Villa Cahn*, unten am *Rheine* im *Dreesen*-Städtchen.

Die Zuhörerschaft war verstummt, das Feuer im Kamine heruntergebrannt, so dass *Heinrich* die Wendeltreppe herab sich schwang, zwecks Holens von Kastanienholz, dabei nicht versäumte, das eine und andere Fläschchen Schlehenlikör unter den Nagel sich zu reißen, um es der Belegschaft einzugießen. Immerhin hatte er mit dem liquiden Äther seines präparierten *Madeiras* die geistige Ouvertüre angestimmt, darauf mit des *Professors* Schlehenlikör fortzustimmen.

Mit einem hämischen Grinsen besorgte *Heinrich* es dem Kamine und bereitete anschließend die Likörgläschen vor.

„Hat es Ihnen die Sprache verschlagen, meine Herren? So nebulös sind doch meine Fürhaltungen gar nicht, meine Gebete an die Wahrheit!" kokettierte der *King.*

„Bei weiß Gott nicht", gestand *Stroganovich,* „bei weiß Gott nicht, *Monsieur!* Sie haben den Nagel auf den Kopf getroffen, auch wenn es mir schwerfällt, Einsicht zu üben. Wäre ich ein Schreiberling wie Sie, schriebe ich ein Buch mit dem Titel *»Die Blendung des Mannes oder wie Judith Holofernes bezwang«.*"

„Genau das meine ich, man könnte auch sagen: *»Die Blendung des Mannes oder wie Mona Lisa einen Narzissten übertölpelt«*", paraphrasierte der *Ritter* den fiktiven Buchtitel des Porträtisten aus der Metropole der Macht und Ohnmacht, des Auf- und Niedergangs.

Doch nun mischte *Vakulenko* wieder mit, denn auch er saß auf dem *Spanischen Pferd** böser Erwartung, wollte wissen, inwieweit er und sein Kollege von der Kunstakademie in *Moskva* zu falschen Göttern gebetet haben sollten:

**Folter-Instrument, hölzernes Pferd mit Metallspitzen auf Rücken, darauf man den nackten Beschuldigten zu sitzen zwang*

„Das ist doch der Höhepunkt, *Monsieur*! Die falsche »*Mona Lisa*«, die »*Mona Lisa*« des *Bernardo da Palermo*, eine Fälschung, das kann doch wohl nicht wahr sein!" machte er seiner Empörung ein zweites Mal Luft.

Ohne *Vakulenko's* Entrüstung abzufedern, kam er nochmals auf die Killerwaffe von Konterfeis zurück:

„Insofern, meine Herren, findet meine These des Unglück verheißenden Bildes, des Tod bringenden Porträts, selbst wenn nicht jedes Porträt über diese schwarze Kraft der Vernichtung verfügt, ihre Bestätigung. Zunächst halten wir fest, starben beide Porträtierten einen scheußlichen Tod, aber nicht nur *Bernardos* Muse, *Natalia Domina*, ging dahin, sondern ebenso ihr Abbild, ich meine die *echte* »*Falsche Mona Lisa*«!"

„Doch wo ist denn die *echte* »*Falsche Mona Lisa*«, das *Sizilianische* Original, *Monsieur Bérnard?*" insistierte sein Gesprächspartner von der *Isset*.

„Das kann ich Ihnen nicht sagen, ich bin nicht allwissend", verteidigte sich der *King*, bewusst der prekären Lage, in welche er sich selbst hineinmanövriert, indem er ein unter Verschluss zu haltendes Geheimnis preisgegeben hatte. So log er nicht sich selbst in die Tasche, sondern die anderen in deren, als er vorgab, Kommissar *Le Trou* wüsste Bescheid, falls überhaupt:

„Da müssen Sie den *Commissaire* fragen, meine Herren, er ist auf dem aktuellen Stand der Dinge und bei ihm laufen alle Fäden zusammen!"

„Aber woher nehmen Sie die Gewissheit, dass es eine Fälschung ist, *Monsieur?*" wollte nun auch *Stroganovich* in Erfahrung bringen, denn als Maler war er umso brennender interessiert, in Kenntnis zu sein wie Fälschungen funktionieren.

Der Herr Der Zedern oder Ritt Zum Jüngste Gericht

„Mein Restauratoren-Studio kam hinter den Trick, schließlich beschäftige ich keine Dilettanten wie einen Kupferstecher namens *Claudio da Palermo*, der ja das Schandmal verbrochen hat!" kokettierte der *Louvre-King* aufs Neue und machte aus der Not eine Tugend, indem er seine Blinden-Werkstatt für vorbildlich verkaufte

„Wie? Dieser Brechungs-Index-Heini ist gar kein Maler, *Monsieur?*"

„Richtig, *Monsieur Stroganovich*, der heilige *Claudius* von *Palermo*, war ausgebildeter Kupferstecher, das Kopieren alter Meister hatte er sich im Selbststudium beigebracht! Nicht ohne Grund sind seine Kopien so lausig!" unterstrich unser *Madonnen*-Verehrer.

„Wieso »war«, *Monsieur?*"

„Der Kupferstecher erstach sich mit einem Stichel in Kaltnadel-Manier, weil mein Studio — wie ich gerade ausführte — ihm auf die Schliche kam", alberte der *Professor* daher, damit das einst volle Fass eines wohl behüteten Geheimnisses bloß geöffnet bleiben, aber keinesfalls leer gemacht werden sollte.

Bis dahin hatte der *Professor* sich ganz schön vergaloppiert mit seinem *Conébert* und suchte verzweifelt nach einem Ausweg. Wie konnte er nur so dumm gewesen sein, Verrat zu üben an seiner über alles geliebten *Mona Lisa*, der er selbst einst Verrat vorgeworfen hatte, »*Verrat an ihrer Kameradschaft*«, wie er es nannte. Er war nicht besser als diejenigen, denen er Vorwürfe machte, den ersten Stein geworfen, doch selbst befleckt mit Tausenden von Sünden. Vielleicht sei es sein vorhin verübter Verrat, der den zweiten Raub des Bildes und damit den Fremdgang der darauf Abgebildeten mit jener gefährlichen Witzfigur *Alessandro* im Nachhinein legitimiere. Denn in seiner *Botticellinischen Venus* erblickte unser *Sorbonne*-Artist, ehemals *Bernardo von Palermo*, seinen Zauberstern *Natalia*, warum die falsche »*Mona Lisa*« für ihn das Porträt seiner *Hélène* manifestierte. Beim ersten Wiedersehens-Treff nach all den unerträglich langen sieben Jahren im *Café de Flore* trat sie auf in der Rolle jenes guillotinierten Engels von der *Isset*: *Kleines Schwarzes*, *Charleston*-Feder-Hütchen mit Schleier und Stiefeln. Welch ein verblüffendes Enigma im Schatten *Unserer Lieben Frau*, unweit derer man irgendwann und irgendwo die im Tode vereinten Skelette *Quasimodo's* und *Esmeralda's* fand![*]

Wenn die Herren nun die Präfektur oder gar sein Restauratoren-Studio aufsuchten, was wäre dann, fragte er sich angstbeklommen. Das wäre der Supergau einer bisher glanzvoll verlaufenen Karriere! Auf dem Scheitelpunkt seiner Träume zu sterben! Vielleicht mit *van Gogh*? Dieser Gedanke schien ihm undenkbar! Er flöge achtkantig von der *Sorbonne* und in hohem Bogen aus dem *Louvre*! Was hatte er nur angerichtet? Wahrscheinlich wäre es *Hélène* wieder gewesen, die ihm diese Falle gestellt hätte, in die er blindlings hineingetappt war. Erneut musste *Hélène* herhalten für seine Missetaten und Dummheit!

Minotaurus hatte es ihm angetan, insbesondere »*Minotaure Aveugle Guide par une Fillette*«[†].

---

[*]*in Victor Hugo's (1802 bis 1885) Roman »Der Glöckner von Notre Dame« ist der Glöckner Quasimodo Victor Hugo selbst und Esmeralda seine große Liebe Juliette Drouet, am Ende des Buches werden beide im Grabe vereint aufgefunden. Juliette Drouet (1806 bis 1883) ist Modell für die Allegorie Straßburgs als Skulptur auf dem Place de la Concorde in Paris, geschaffen von James Pradier (1790 bis 1852)*
[†]*blinder Minotaurus geführt von einem kleinen Mädchen*

Der Herr Der Zedern oder Ritt Zum Jüngste Gericht

Heinrich stand grinsend daneben und blickte in das jetzt auflodernde Feuer, als ihm einfiel, den Likör zu servieren.

Dieser von vielen unterschätzte Kammerdiener wusste, warum der *Professor* sich verplappert hatte: Nicht *Hélène* war die schuldige Schlange! Nein! Sein präpariertes *Madeira*-Gesöff entfaltete seine Wirkung und sorgte für einen möglicherweise folgeschweren Fehltritt!

Unser *Professor* erbat sich darauf noch einen weiteren Schwenker jenes *Portugiesischen* Insel-Elixiers, um seiner Ängste Herr zu werden.

Hoher Besuch

... um seiner Ängste Herr zu werden, als es dreimal läutete.

Hélène wusste Bescheid, auf der Schwelle warteten des *Professors* Tochter, welche aus der Verbindung mit dessen einstigen Liebe namens *Natalia** oder *Nathalie* aus *Jekaterinenburg* hervorgegangen war, frühere Schülerin an der dortigen Kunstakademie und Model-Läuferin für *Saint Raspoutine†*, wo der *Professor* eine Dozentur bekleidet und auch *Professor Vakulenko* Ästhetik gelehrt hatte, die beiden sich kennengelernt.

Die Tochter aus des *Professors* erster Ehe erschien in Begleitung jenes *Deutschen*, mit dem sie verschwunden gewesen war, weshalb der Gelehrte die *Gendarmerie* eingeschaltet und dieselbe als ein ziemlich dilettantischer Haufen sich erwiesen hatte.

---

*nicht zu verwechseln mit Natalia Domina des Bernardo von Palermo dreihundert Jahre früher um die Millenniumswende
†fiktiver Russischer Duft

Auch in diesem Falle hatte *Hélène* den Besuch eingefädelt für einen späten Novemberabend auf jenem Spuk-Schloss irgendwo weit vor den Toren von *Paris*. Sie wusste, wie sehr ihr Mann an seiner Tochter hing, das einzige und über alles Geliebte aus dem *Matrimonium** mit einer Frau, welche eines sonderbaren *Marquis* wegen ihn verlassen, ähnlich *Hélène´s* obskuren Versteigungen.

In dieser Bewandtnis jedoch waren *Hélène´s* Inszenierungen von positiver Kraft beseelt, einer Intendantin im Namen der Treue und Liebe, wie damals bei ihrem Hochzeits-Ball im *Dreesen*-Palast†, als sie die Musikanten von der *Pariser* Oper aufspielen ließ, obgleich der *Professor* jedwede Extra-Turbulenzen sich verbeten hatte: angefangen vom Ausschluss des von ihm als genetisches Halunkenpack definierten Familien-Clans bis hin zu einer Gemeinde aus Idol-Verehren, Opportunisten und Freizeit-Sternchen, er hatte im intimen Kreise zu feiern gewünscht.

Hélène´s Natur war von Ambivalenz, wenn wir daran denken, mit welchem Ringen hinter dem Vorhang unseren Professor sie einst hinters Licht geführt, als sie sich auf diese Tunte namens *Alessandro* eingelassen hatte. Dort war sie getreten in die Fußstapfen einer *femme fatale*, die einem Intellektuellen und Dichter der Freiheit seinen Sauerstoff nahm, so dass der von der Liebe seines Lebens Gefolterte das Gleichgewicht verlor und in einen nimmer endenden Abgrund stürzte. Und diese *femme fatale* hatte es zustande gebracht, ihre schwarze Rolle zu wechseln und das weiße

---

**Ehe (lat.)*
†*Hotel Dreesen in Bonn/Bad Godesberg, bekannt durch Hitler´s Besuche u. a. 1938 mit Britischem Außenminister Chamberlain, der Besprechung der Sudetenkrise wegen*

Kleid der von *Professor Bérnard* so sehr geliebten Pferde anzulegen, damit diese treuen Tiere in den Himmel aufstiegen so wie auf dem Altar-Triptychon des Masken-Monsters in dessen Pferde-Kirche.

Frauen sind ein irrationaler Kosmos. Dieses vordergründig als schwach eingestufte Geschlecht weiß wohlweislich, seine eigenen Waffen einzusetzen, was bereits *Marlene Dietrich** vor dreihundert Jahren bekundet hatte, warum jene Schauspielerin der libidinösen Extravaganz — dieselbe war von bisexuellem Begehren regiert — auf Frauen, welche so sein wollten wie Männer, verächtlich herabblickte.

Frauen lügen und betrügen, wissen mit ihrer leiblichen Präsenz die Männer um den Finger zu wickeln, ohne dass das vermeintlich starke Geschlecht es bemerkt. Auf der anderen Seite geben sie sich hin in sinnlicher Glut, verehren ihr maskulines Denkmal als einen Gott und geben ihm zu verstehen, welch ein *Zeus* er wäre, ohne ihn *Europa* nicht leben könne, was die Herrenrasse natürlich für bare Münze nimmt, verblendet bis zum Sankt-Nimmerleins-Tag!

Und genau diesem charakterlichen Profil entsprach *Hélène* auf ganzer Linie: voller Empathie und hingebungsvoller Liebe, aber auch giftig wie eine Viper!

Frauen sind unergründlich wie ein Grab und fernab jeglicher Logik!

— *Heinrich* schob den Riegel der schweren Eichentür beiseite und hieß Tochter samt ihrem *Deutschen* auf *Schloss Natalia* willkommen. Der Kammerdiener war im Bilde, *Hélène* hatte ihm Mitteilung gemacht.

**Deutsche Film-Schauspielerin u. Chansonnette (1901 bis 1992), berühmt geworden mit „Der Blaue Engel", Regie führte der Österreicher Josef von Sternberg (1894 bis 1969)*

Alexander Sergejewitsch

Im von brennenden Fackeln, feuerspeienden Kandelabern und mächtigem Flammengezüngel im Kamine heimgesuchten Salon, kam es zu einer olympischen Verbrüderung zwischen Vater und Tochter, *Père et fille.*

„*Tu es tout pour moi!*"* rief der *Professor*, nachdem er sich aus seinem Sessel gerissen und auf seine Tochter zulief, als wenn er sie seit tausend Jahren nicht mehr gesehen hätte. Völlig übermannt von einer weltfernen Ergriffenheit fiel er ihr um den Hals und weinte Tränen des Erbarmens.

Der *Deutsche* stand daneben wie ein dummer Tölpel und verstand die Welt nicht mehr, begossen wie ein Pudel, begossen mit dem Schlamm einer Liebe, welche der *Deutsche* bei seiner Partnerin vergeblich zu suchen schien.

„*Papa! Papa! Quelle joie de vous retrouver! Combien de temps j'ai attendu ce moment!*"† und dann feuchteten sich auch ihre Wangen, gerötet voller Glück.

Heinrich, Kammerdiener aus Passion, waltete seines Amtes und kredenzte ein Tablett gedeckt mit einer Batterie schäumender Champagner-Gläser. Alle übrigen Gäste im Geistersaale erhoben sich — schließlich beherrschten sie die Etikette — griffen zu und als sie den perlenden Edelsaft ihre Kehlen herabgelassen hatten, sangen sie auf unsichtbares Kommando in unisoner Manier:

Du bist mein Ein & Alles!
†*Papa! Papa! Wie schön, dich wiederzusehen! Wie lange habe ich auf diesen Augenblick gewartet!*

Der Herr Der Zedern oder Ritt Zum Jüngste Gericht

„Frère Jacques, Frère Jacques, dormez-vous, dormez-vous? Sonnez les matines, sonnez les matines? Ding, ding, dong! Ding, ding, dong!"

Trotz seiner überschwänglichen Freude verfiel der *Professor* ein wenig in Traurigkeit, denn wen er vermisste an jenem gespenstischen Abend, hier auf *Schloss Natalia*, war das *Caravaggio*-Vögelchen. Es hatte in der Zwischenzeit einem anderen Gelehrten an den Hals sich geworfen, bei welchem sie auch promovieren durfte, wie es sich gehört: keuch und züchtig. Das Thema geschuldet ihren Erfahrungen mit des *Professors* Maskentheater *à la Commedia dell'arte*:

»Wie *Professore* zum *Dottore* mutiert unter besonderer Berücksichtigung von *Columbina* und *Arlecchino*«*

Wer war dieser vielbesungene *Frère Jacques* und seine Muscheln, welche der *Professor* mit seiner *Großen Liebe* damals zur Vorweihnachtszeit in dem Restaurant einer schnuckeligen Passion in *Saintes-Maries-de-la-Mer* verspeist hatte?

Frère Jacques ist bestimmt als ein Bruder *Jesu* und seine Muschel die der Pilger. Der *Professor* hatte sich eingereiht in die Nachfolge *Unseres Herrn*, als er einst in jenem Sommer im *Café de Flore Hélène* traf, wo er ihr sein Abbild auf die imaginäre Leinwand seiner religiösen Leidenschaft malte: ein schmutzfüßiger kniender Pilger vor seiner über alles geliebten *Santa Maria*, der *Karacke*, mit welcher *Columbus* nach vermeintlich *Indien* aufbrechen sollte. Doch lief die *Santa Maria* vor *La Isla Española* auf Grund und sorgte dafür, dass seine Männer von dem nicht mehr zu rettenden Schiff

---

Colombina (ital. Täubchen) ist lebenslustig; Arlecchino ist Spaßmacher Harlekin, mit Colombina zusammen oft ein Liebespaar; Dottore ist Tollpatsch in punkto Wissen

die Hölzer nahmen, mit denen sie den ersten *Spanischen* Stützpunkt in der *Neuen Welt* errichteten:»*La Navidad*«* oder *Weihnachten.*

So betrachtet war *Christopher Columbus* genau so ein Pilger wie unser *Professor,* um das Jesuskind anzubeten im Schoße seiner *Santa Maria.*

Doch kommen wir zurück auf das Wiedersehen mit Tochter und ihrem im Schlepptau mitgeführten *Deutschen.*

Was macht aus einem *Deutschen* jene im Abseits stehende begossene Pudelfigur, als eine solche derselbe an diesem Abend auftrat?

Erinnern wir uns, dass ein *Deutscher,* der um die Millenniumswende, nämlich vor etwa dreihundert Jahren, an der großen Liebe von *Bernardo von Palermo* sich zu vergreifen versucht hatte, was ihm aber übermäßigen Alkoholkonsums wegen nicht gelungen ward, weshalb er ihr auf der Flucht durch die eisige *Taiga* mit gezücktem Fleischermesser folgte, um sie umzubringen. Er verblutete letzlich elendig in einer Jagdfalle, womit dieser *Taiga*-Verbrecher seiner gerechten Strafe zugeführt wurde.

Sich in den Kopf gesetzt hatte ein *Deutscher,* ein *Russisches* Mädchen zu bezwingen und hatte dabei seine tödliche Niederlage hinnehmen müssen.

Ja, es waren die *Deutschen,* die in einer legendären Schlacht um eine Stadt an der *Wolga* auf brutalste Weise unterlagen.

Und dass seine Tochter, mit welcher der Gelehrte ein herzzerreißendes *re-contre* jetzt feierte, mit einem *Deutschen,* mehr als dreihundert Jahre danach, beinahe für immer davon getürmt war, spiegelt wider, wie sehr die beiden von einem inneren Drängen übermannt wurden, geschichtlichem Schicksal zu entfliehen, dem Schicksal eines für die *Deutschen* auch

---

**gelegen im heutigen Haiti, Stützpunkt wenig später zerstört und ersetzt durch »La Isabela«*

an der Westfront verlorenen Krieges. Die Tochter des Gelehrten und Freiheits-Dichters war zwar keine Vollblut-*Französin*, doch immerhin pulsierte neben *Russischem* auch *Französiches* Blut in ihren Adern.

Russland, Frankreich und *Deutschland* hießen die drei Augen des Würfels im Spiel um Sieg und Niederlage, welches das kollektive Bewusstsein der Nachwelt auszutragen hat. Denn obgleich der Gnade der späten Geburt — wie ein verblichener Kanzler in grauer Vorzeit formulierte — muss das kollektive Bewusstsein Sühne leisten für das, was die Vorwelt verbrochen hat. Da hilft keine Flucht, wohin auch immer.

So wie *Jesus* gerade zu stehen hatte für die Sünden der Menschheit, hat ein jeder gerade zu stehen für die Sünden der anderen, das heißt gleich *Athanor* kurz sich zu schließen mit dem Himmel, zu dem die Pferde in weißen Gewändern auffahren, am Tage des *Jüngsten Gerichts*.

Nach der herzlichen Wiedersehens-Zeremonie, währenddessen viele Tränen flossen, nahmen die beiden verlorenen Kinder Platz am lodernden Kamin zwischen den drei Koryphäen des Friedens: *Vakulenko, Stroganovich* und *Bérnard*.

Man hatte sich viel zu erzählen, unterdessen unser *Professor* immer wieder darauf insistierte, von welcher Unfähigkeit dieser *Commissaire Le Trou* befallen war, der es nicht einmal zustande gebracht hätte, seine damals verschwundene Tochter aufzuspüren, ganz zu schweigen von dem geraubten Mantel und dem gemutmaßten zweiten Wiederfund der »*Mona Lisa*« des *Bernardo von Palermo*, die — wie der Leser weiß — als eine stümperhafte Fälschung sich herausstellte aus dem Kopisten-Labor eines *Komischen Heiligen* von *Sizilien* namens *Claudio*.

Die Weibsbilder am Beistelltisch fuhren erneut fort mit ihrer femininen Philosophie über Düfte, Pelze und Liköre.

Zwischendurch rannte *Heinrich* mehrmals die Wendeltreppe herab ins Gewölbe, um Brennholz und sonderbare Liquiditäten aufzutreiben. Jenes seltsame Kindergewimmer hatte Einstellung bezogen, und ewiglich rann Wasser von den Wänden gleich flüssigem Gold.

Es war so gegen vier Uhr in der Früh, als man übereinkam, aufs Ohr sich zu legen.

Der Kammerdiener stellte den Paravent vor die Glut, räumte auf und kehrte irgendwelchen nichtssagenden Staub zusammen, bis auch er sich nach oben begab, um seinen sado-masochistischen Träumen freien Lauf zu lassen.

Am darauffolgenden Morgen kletterte er vom Lager, stapfte die Treppe hinunter und befeuerte den Kamin. Dann lief er in die Küche und bereitete sein Spezialfrühstück *à la Heinrich* vor. Statt heißen Toasts mit zerlassener Butter und Rohem Schinken als auch Café und frisch gepressten Orangensafts, wie der *Professor* und *Hélène* in *Deauville* es genossen hatten, rührte *Heinrich* in seinem Motten-geschwängerten Fliegen-Kompott, dazu angeschimmeltes Graubrot, um dasselbe darin zu tunken; und alternativ zu frischem Café kreierte er eine Art von aufgekochtem Schierling, den er aber so verdünnte, dass seine Wirkung nicht den Tod bescherte, immerhin jedoch für einen dusseligen Kopf sorgen sollte.

Als er sein bestialisches Morgenfutter im kalten Speisesaal angerichtet hatte, steckte er die Kandelaber in Brand und malträtierte den gewaltigen

Schlägel des gewaltigen Gongs im düsteren Treppenhaus ein weiteres Mal:

„*Levez-vous! Il est temps! Levez-vous!*"*

Nach und nach schlurften die ersten Gäste in den Salon, wärmten am knisternden Feuer und begaben sich in den unterkühlten von Kerzen-Gefunkel prangenden Speisesaal. Wann *Hélène* & *Adélaïde Delacroix* sahen, was der Kammerdiener angerichtet hatte, fielen sie sofort wieder in Ohnmacht, wie damals in dem mysteriösen Hause bei der falschen *Servitin* im *Quartier Latin*†, sie die Türe hinter sich zugeschlagen hatten und mit keinem Entkommen mehr rechnen konnten. Doch der wolfsumworfene *King* brachte auch in diesem Falle seine beiden Liebes-Dienerinnen ins Leben wieder zurück.

Die übrigen Gäste, die *Vakulenko's*, die *Stroganovich's* und des *Professors* Tochter zuzüglich ihres verdutzten *Deutschen*, erkannten plötzlich, wo sie gelandet waren: im Gruselkabinett des *Dr. Caligari*‡. Man setzte sich zu Tische, um der Etikette Genüge zu tun, während *Dr. Caligari* wie *James* in »*the same procedure as every year*«§ um das rotgefleckte Tischtuch scharwenzelte und seinen verdünnten Schierling ausgoss.

In den Augäpfeln der Geheimrunde spiegelte sich ein entrücktes Feuer, die *Ewige Flamme* aller *Mars*felder der futuristischen Welt.

---

*Aufstehen! Es ist Zeit! Aufstehen!
†*Pariser Studenten-Viertel auf linkem Seine-Ufer*
‡*»Kabinett des Dr. Caligari« ist expressionistischer Deutscher Grusel-Stummfilm von Robert Wiene (1873 bis 1938), erschienen 1920, Caligari verkörpert durch Werner Kraus (1884 bis 1959), Höhepunkt früher Filmgeschichte*
§*berühmte Britische Sylvester-Persiflage*

Selbstverständlich rührten außer unserem *Professor* die Geladenen nichts an. Der Gelehrte, *alias* Allesfresser *Bernardo von Palermo*, tunkte sofort das Schimmelbrot in den Hexenkompott, versenkte den Ekel ins Maulwerk und spülte mit dem Schierling nach. Die Anwesenden waren entsetzt, machten aber gute Miene zum bösen Spiel, um ihrer Erziehung gerecht zu werden, welche ihnen eingefleischt hatte, Disziplin zu üben bis zum Äußersten, oder wie der *Lametta-Opa* sagen würde, bis zur letzten Patrone.

Nach alledem bot *Heinrich* seinen präparierten *Madeira* wieder an, den bis auf den Gelehrten die anderen ebenso ablehnten.

Mit grinsendem Gesichte blies *Dr. Caligari* die Kandelaber nieder und führte die Satans-Mannschaft in den aufgewärmten Salon.

Die bekannte Damen-Riege nahm wie üblich Platz am Beistelltisch, die Herren sowie das Gespann aus Tochter & begossenem *Deutschen* in den brokatenen Sesseln vor der lichterlohen Esse.

Es war recht früh, draußen herrschte noch Dunkelheit, so dass ohne die flammenden Pechfackeln, dem Meer der Kerzen sowie dem Kastanien-Geflacker, der Salon dazu verurteilt gewesen wäre, im Korsett düsterer Stille eingeschnürt zu sein.

Man wechselte kaum ein Wort, da benommen von der sarkastischen Theatervorstellung im Kabinett eines Kammerdieners, welcher in seinem vorigen Dasein das Leben sich genommen hatte, da seine Angebetete *Madame de Lamour* ebenfalls mit jenem geheimnisvollen unbekannten bekannten *Marquis* aus dem Staube sich gemacht hatte.

Der Herr Der Zedern oder Ritt Zum Jüngste Gericht

Als *Giorno* mit rosa Schwingen durch die Butzenscheiben blinzelte, fasste *Heinrich* sich ein Herz und servierte im Salon dann doch noch des *Professors* Lieblings-Gedeck: Heißen Toast mit zerlassener Butter und Rohem Schinken als auch Café und frisch gepressten Orangensaft. Beim Anblick des Gedecks kehrten nun alle ins Leben zurück und deuteten das Vorgefallene als einen schlechten Traum.

Ratten-Kaleidoskope, Hafergrützen-Suppen, Schierlings-Becher-Gifte-Säfte und Fliegendarm-Kompotte lösten sich auf in Nichts und machten den Weg frei für eine *tabula rasa** frömmlichster Natur.

Hélène's Augen nahmen jenen wundersamen reizenden Ausdruck wie in der *Villa Cahn*†, als sie unserem *Professor* in die geistigen Arme gelaufen kam: voller Liebe, Hingabe und Erwartungs-Glück, der positive Pol ihrer zwiespältigen Ambivalenz, keine giftige Viper, kein inkarnierter *Judas*-Kuss, kein Verrat im Garten *Getsemani*! Nein! *Veronika* und *Maria von Magdala* am See *Genezareth* in Personal-Union!

Beim Anblick seiner *Santa Maria* in der Damen-Runde am Beistelltisch, etwas schummrig im Kopfe des Schierlings wegen, überkamen *Ritter Kunibert* Gefühle. Wie sehr glücklich war er wieder, wie sehr glücklich, nicht nach *Rouen* oder *Chartres* oder *Châteauroux*‡ fahren, keinen himmelserobernden Turm bauen zu müssen, um sie zu erreichen, da sie im Himmel säße.

**radierte Tafel, wo nichts geschrieben steht, leer, rein, unbeschrieben*
†*Historisierendes Schloss in Bonn/Bad Godesberg am Rhein (19. Jhd.)*
‡*Rouen (Kathedrale, Hinrichtung der Johanna von Orléans); Chartres (legendäre Kathedrale, beherbergte einst bedeutendes untergegangenes Marien-Kultbild); Châteauroux (Kirche Saint André, Geburts-Stadt Gérard Depardieu's; früherer amerikanischer Militär-Stützpunkt)*

Alexander Sergejewitsch

Der Himmel, worinne sie saß, war zu ihm gekommen unter Führung von diesem zauberhaften heutigen *Giorno*, und der *Louvre-Papst* musste ein weiteres Mal unwillkürlich an *Picasso's Vollard-Suite* in seiner Herrscher-Loge denken, an »*Minotaure Aveugle Guide par une Fillette*« sowie die Karamellbonbons »*au beurre salé à la Henri le Roux*«, von denen der Kommissar so gerne naschte, den er noch Stunden zuvor gebetsmühlenartig wieder einmal verflucht hatte. Doch nun hatte der *King Stephaton's*[*] Essigschwamm genommen und damit alle düsteren Runen[†] weggewischt und *tabula rasa* geschaffen.

Fortgeweht war das nicht entzifferbare Mantra seiner nicht entzifferbaren *Großen Liebe*, die blutrünstige Selbstverfleischung in seinem Herzen, welche immer wieder zu ihm zurückkehrte, sobald er an jene bittere daseinsstehlende von Höllengewittern heimgesuchte Seelenzeit dachte, als *Hélène* ihn verlassen hatte jener hohlen Tunten-Nuss wegen, weshalb seine *Botticellinische Venus* fast ihr Leben eingebüßt hätte.

Aber ebenso der restliche Geheimzirkel erfreute erlösender Gedanken sich, man konversierte über dieses und jenes, vergaß das Geisterhaus, in welchem man saß und schaute durch das Fernrohr *Sir Francis Drake's*[‡], um Beute zu machen.

---

[*]*Römischer Soldat, der Jesus am Kreuze einen Essig-getränkten Schwamm offeriert, da Jesus dürstet*
[†]*alte geometrische Schriftzeichen der Germanen (2. bis 14. Jhd. n. Chr.)*
[‡]*Francis Drake (1540 bis 1596), Pirat, Weltumsegler, vernichtete unter Elisabet I (1533 bis 1603), Tochter Heinrichs VIII, die Spanische Armada*

Der Herr Der Zedern oder Ritt Zum Jüngste Gericht

Die Damen am Beistelltisch unterhielten sich nun über *Lawrence von Arabien**, *Valentino*† und »*À rebours*«‡ von *Charles Marie Georges Huysmans*. Doch ebenso behaupteten die Abenteuer *Casanova's* ihren Platz in jener von warmer und lichter Zärtlichkeit umbrausten Konversation.

Die intellektuelle Köpfe-Runde am flammenden Kamin unter Hinzunahme des *Professor's* Tochter mit mundzugenähtem *Deutschen* — er bekam einfach keinen Ton heraus — debattierte über das Geheimnis der »*Hoffräuleins*« von *Diego Velázquez*, und weshalb die Sonne im Osten auf-, aber im Westen untergehe, und dreimal drei neun und nicht zwölf wäre, da es doch Primzahlen gäbe. Und weshalb Raum und Zeit nichts weiter seien als der Ausfluss der Einbildungskraft einer trügerischen Hemisphäre. Und ob der Mensch nicht eine Fehlkonstruktion *Gottes* wäre, da er denselben am sechsten Tage schuf, ermattet nach fünf schweren Schöpfungswerken und *ergo* seiner Kräfte beraubt und so weiter und sofort.

In Abständen sah der *King* wiederholt hinüber zum Beistelltisch, wo seine *Große Liebe* eifrig sich erboste über das flegelhafte Benehmen mancher Herren von Stand. Da bemerkte *Hélène*, wie ihr Mann sie mit verliebten Blicken musterte und warf ihm einen Luftkuss zu. Es schien, als dass die beiden seit Ewigkeiten aneinander gekettet seien und all der Herzschmerz, den nicht alleine unser *Professor* einst durchzustehen hatte, sondern auch seine Frau, lediglich die Ausgeburt einer gekränkten *Schi*-

---

*Britischer Offizier (1888 bis 1935), unterstützte Araber-Aufstand gegen Osmanisches Reich
†Italienischer Stummfilm-Schauspieler und Frauenschwarm (1895 bis 1926)
‡Huysmans (1848 bis 1907) war Französischer Literat und schrieb »À rebours«, Roman über einen Leben verachtenden Aristokraten, der in Mystizismus und Ästhetizismus flieht

*märe** gewesen sei, schlichtweg die trügerische *Fata Morgana* im gleißenden Fiebergeflimmer eines gefallenen Engels.

Immer schneller rollte *Helios'* Himmelswagen über das Firmament und es wurde heller und heller.

Heinrich erdreiste sich nun, den Besen zu schwingen, mit einem Lumpen die Butzenscheiben zu polieren und irgendwas fortzuräumen, was so viel bedeuten sollte, dass das Ende der Fahnenstange erreicht sei. Völlig perplex wandte der *King* seinen Blick weg von seiner *Botticellinischen Venus* und starrte entsetzt in das grinsende Gesicht von *Doktor Caligari*.

„*Heinrich*, Sie wollen uns doch nicht etwa vertreiben?"

Jetzt schaltete auch seine Angebetete zu, die Hausherrin:

„*Heinrich*, was erlauben Sie sich! Es sind noch keine neun, und da rüsten Sie auf, uns zu verjagen! Nehmen Sie Haltung an, setzten Sie sich auf Ihre vier Buchstaben und lassen *Monsieur Giorno* einen guten Mann sein!"

Im Handumdrehen stand der Kammerdiener Gewehr bei Fuß und vollzog den militärischen Grußgestus mit an die Stirn genommener ausgestreckter Hand, wie *Sir Walter* es zu tun pflegte, wenn er wieder unter Dammbrüchen seiner Inkontinenz litt, um über den peinlichen nichts entgegenzusetzenden Fehltritt den Schleier des Hasen zu legen, der von nichts weiß. Der Lametta-Heini und *Stalingrad*-Veteran, *Oberst Hans Walter*, hätte seine wahre Freude gehabt, *Heinrich* als einen seiner Kameraden interpretieren zu dürfen.

So hatte — wie Sie, lieber Leser, wissen — jener Verehrer der Mächte und Gefechte vor dreihundert Jahren selbst ein Bein sich gestellt, als er

---

feuerspeiendes Misch-Ungeheuer, Löwe, Ziege, Schlange (griech. Mythologie) genau in diesem Salon seine von ihm so sehr geliebte *Kalaschnikow* präsentierte, eine darin befindliche blinde Kugel zum Abschuss gelangte und der *Sir* mausetot zusammenbrach. In der Tat, auf die *Awtomat Kalaschnikowa Modernisirowannyj* war Verlass, wie der Militarist immer wieder betonte.

Darauf stolzierte der Kammerdiener in die Küche, kippte fort das größtenteils nicht angerührte *Faustische* Schweinefutter und befreite im Spülstein die Teller von den Resten seines Motten-geschwängerten Fliegen-Kompotts. Zwischendurch goss er das eine und andere stehengelassene noch volle Glas seines von ihm selbst vergifteten *Madeira* sich hinter die Binde, wobei ihn sein eigenes mit Kalkül eingefädeltes Gespenstertheater einholte und in wahnwitziger Exaltiertheit er ein paar Teller auf den Boden knallte. Nun konnte er wieder Kehrmännchen spielen, wie vor dreihundert Jahren, wenn *Sir Walter* bei seinen Parade-Vorträgen über die von ihm angehimmelte *Awtomat Kalaschnikowa Modernisirowannyj* manches Absinthglas, das der *Lametta-Heini* auf seinem Handteller dabei balancierte, herunterglitt und in Scherben auseinander sich dividierte. Der Spezial-*Madeira* hatte *Heinrich* in ein vernebeltes *Déjà-vu* entlassen und zwang ihn, seine Vergangenheit zu re-importieren, als ob von der Gegenwart er nicht gerade begeistert wäre.

Früher sei eben alles besser gewesen, so meinte *Heinrich*, denn auch er sehnte sich danach, endlich abtreten zu dürfen, einerseits weil auch er zu jener mysteriösen Loge der Untoten gehörte, und andererseits der in seinem alten Leben erfahrene Verlust seiner leuchtenden Flamme, der Gräfin *Adélaïde de Lamour*, ein unüberwindbares Hindernis darstellte, zu sich selbst zurückzufinden.

In diesem Punkte zog er gleich mit den unsäglichen Schmerzen, unter denen unser *Professor* qualvoll wie ein herrenloser Hund gelitten, weil seine *Santa Maria* vor *Hispaniola** auf Grund gelaufen, mit anderen Worten *Hélène* ihn in seiner dunkelsten Stunde im Stiche gelassen, da — wie der Leser in Kenntnis ist — sie Tunten-Paraden *Parnass*-Wandeln vorzuziehen begonnen hatte.

Man hätte auch meinen können, ihr sei ein Spatz in der Hand lieber erschienen als eine Taube auf dem Dach, weil sie den *Professoren*-Kosmos vor ihrer Ehe als zu abstrus und nebulös empfand, konnte nicht glauben, was der *Louvre-King* versprach, zu fantastisch kam es ihr vor, was der jetzt wolfsumworfene *Ritter* nach außen signalisierte: das *zweite Gesicht* und so weiter und so fort.

Ähnlich *Petrus*, als er nach *Jesu* Wasser-Spaziergang† von ihm aufgefordert wurde, nachzueifern, aus dem Boot zu steigen und *auch* über das Wasser zu laufen, der Jünger einbrach, weil zu wenig Glauben er hatte.

Hélène glaubte an eine ihr vertraute Praxis und weniger an das Geheimnis eines geheimnisvollen Menschen, welches der *Professor* hütete wie seinen eigenen Augapfel. Ihr waren eintausend Nägel und eintausend Kreuze lieber als mit einem großen Dichter Frieden und Freiheit zu su-

---

*auf seiner ersten Reise mit seiner Karacke (= große Karavelle) Santa Maria in Begleitung der beiden Karavellen Niña und Pinta strandet Columbus vor La Isla Española (Hispaniola, heutiges Haiti), sein Schiff zerbricht, daraus errichten seine Männer die erste Siedlung in der Neuen Welt
†Matthäus 14, [22-33]

chen; letztlich *bourgeois*, aber die Peitsche, durch welche sie später bekennen und in einem Freudentaumel ihren schmutzfüßigen Pilger heiraten sollte.

Petrus hatte *Jesus* geleugnet, bevor der Hahn dreimal krähte, wurde aber schlussendlich der Fels, auf dem der *Herr* seine Kirche baute.

Die Kirche unseres Professors war seine *Botticellinische Venus*, seine *Santa Maria*, die er bereits damals im *Café de Flore* hatte sitzen gesehen auf einem gewaltigen Brocken, oben in der Höh´. Er selbst inkarnierte den Thron *Salomon´s* und sie inkarnierte seine Kirche* der Liebe, in dessen Schoss er zurückgefunden hatte seit der charismatischen Begegnung im Garten der *Villa Cahn*, wann er *Mozarts »Zauberflöte«* hörte.

Unsere Herrschaften blieben noch ein wenig, tauschten sich aus über Bedeutendes und Unbedeutendes, Belange und Belanglosigkeiten und ließen sich verwöhnen von *Giorno*, der durch die Fenster seine goldenen Strahlen warf.

Der Damen-Plausch am Beistelltisch hatte das Themen-Spektrum über Düfte, Pelze und Liköre so weit ausgelotet, dass der Gesprächs-Stoff versandete gleich dem Wasser einer zurückziehenden Brandung am Strand von *Saintes-Maries-de-la-Mer*.

Unsere Kaminrunde fand zu der Auffassung, dass die von ihr gestellten Fragen nicht zu beantworten seien, da man sich nicht darüber einig werden konnte, ob Primzahlen das Konstrukt einer falsch verstandenen

---

viele Marien-Figuren mit Christkind (Mittelalter), vor allem der Romanik (in Deutschland etwa 1050 bis 1250) versinnbildlichen die Kirche (= Maria) und den an deren Spitze stehenden Logos (= Christkind), „Sedes-Sapientiae“-Statuen genannt (Sitz der Weisheit)

Relativitäts-Theroie einer nicht zu relativierenden Wissenschaft des Lebens wären, oder in der Tat existierten wie der Tod galoppierender Stiere in den Arenen von *Nîmes* oder *Arles.*

So verebbte vor den *peu à peu* in Glut versinkenden Kastanien-Scheiten auch die philosophische Unterredung und nahm dem Rede-Eifer seinen Esprit, was dazu beitrug, dem Salon eine leise andächtige Stille zu bescheren.

Irgendwann tauchte *Heinrich* erneut auf, und — als hätte er keine Schelte vorhin einstecken müssen — seinen Besen mit solchem Elan schwang, dass unsere Gäste verstanden.

Man drehte aus den Sesseln, dreschte im Stehen noch ein paar verbale Takte und stiefelte durchs fröstelnde Treppenhaus hinauf in die Stube. Nach einem kurzen Nickerchen packte man die Koffer und verabschiedete sich bei *Doktor Caligari* mit einem gekünstelten »au revoir«, bei *Doktor Caligari,* der grinsend im Windfang stand, bevor er das Höllen-Personal in die eisige Kälte entließ.

Stroganowich's und *Vakulenko's* bestiegen einen alten *Benz W29* und fuhren zum Flughafen, hinterm Steuerrad der *Russe* aus der Stadt an der *Isset.*

Von welch einem Sturzbach der Erleicherung wurde der *King* überflutet, als er gewahr wurde, dass seine *Russischen* Kollegen weder *Commissaire Le Trou* noch das Restauratoren-Studio aufsuchten, um Näheres über die Fälschung der »*Mona Lisa*« des *Bernardo von Palermo* in Erfahrung zu bringen, für welche der Porträtist von der *Moskwa* ein unverwechselbares Interesse noch zuvor bekundet, eine Fälschung, wovon das Studio keinen blassen Schimmer hatte, was hätte den *Louvre-King* zu Fall bringen können. Doch insgeheim reflektierte der *King*, dass seine Restauratoren ihn gedeckt haben dürften, zum einen, um keine Blöße sich zu geben einer nicht wissentlichen Enttarnung wegen, zum anderen, da sie ihren Job unserem *Professor* zu verdanken hatten, der sie gut befürsorgte, als ihnen auch regelmäßig eine Gehalts-Aufbesserung zukommen ließ.

In jedem Falle fiel unserem *Professor* ein schwerer Stein vom Herzen und so konnte er, Mut fassend, von der Schwelle des Schlosses sich entfernen, um als Anführer seiner *ménage-à trois* samt Tochter & sprachlosem *Deutschen* einen *Renault Primaquatre* aufzusuchen, mit dem sie *Paris* ansteuerten.

Heinrich winkte ihnen nach, grinste ein weiteres Mal in sich hinein und dachte, welch ein Schnippchen er dieser Idioten-Bande wieder geschlagen hätte.

Voller Schaffenskraft suchte er die Stallungen auf, fütterte die Pferde und striegelte die Tiere so heftig, dass *Martha* ihm eins mit den Hufen gab und *Doktor Caligari* in eine Ecke katapultiert wurde, wo frischer Pferde-Dung auf ihn gewartet hatte.

Das sollte ihm eine Lehre sein! Menschen malträtieren, selbst wenn dieselben zu jener geheimen Loge gehörten, ging noch soeben durch, aber Pferde piesacken war Sakrileg obersten Ranges, da genauso wenig wie man Pferde zum Trinken zwingen kann, was das Masken-Monster im Kapitel-Saal seines gotischen Klosters gegenüber *Hélène* richtigerweise geäußert, kann man Pferde zu Tode schrubben.

Diese Tiere wollen liebkost und geachtet werden, denn ohne Sünde seien sie, besser als die zorneswütigen Menschen, die — selbst wenn man ihnen alle nur erdenklichen Waffen nähme — Äste von den Bäumen rissen, um dann *damit* aufeinander loszugehen.

Der Mensch ist und bleibt die Fehlkonstruktion *par excellence*, wird eines Tages untergehen gleich *Tyrannosaurus Rex* vor fünfundsechzig Millionen Jahren, und der Erden-*Gott* nach dem Verschwinden dieser Spezies rauschende Feste zu feiern begehrt wie *Dionysos**, zurückerobern seine Regenwälder, seine Minen von Gold und Silber und Diamanten, unterirdischen Speicher von Gas und Öl, re-aktiven radio-aktive Regionen sowie kurieren die nicht zählbaren Wunden, welche die Fehlkonstruktion ihm bis dahin zugefügt haben werde.

Erst ab dato schwänge dieser zauberhafte und phantastische Planet wieder sünden- und gefahrenlos durch seine ihm angestammte Galaxie.

Waren doch die Raumfahrer des zwanzigsten und einundzwanzigsten und zweiundzwanzigsten und dreiundzwanzigsten Jahrhunderts von der Märchen-Optik dieses Wunder-Planeten so sehr fasziniert, dass in der Station bei der Schau durch die Luke ihnen der Atem stockte.

Abgesehen davon, schlossen Astro- sowie Kosmonauten, Weltall-Besucher unterschiedlichster Nationen dort oben Brüderschaft, Nationen, welche dort unten bis aufs Blut sich bekämpften, dort oben sich zu lieben lernten.

**Griechischer Gott des Weines, der Fruchtbarkeit und leidenschaftlicher Ekstase*

Der Herr Der Zedern oder Ritt Zum Jüngste Gericht

Zurück in Paris

Nach nicht einmal einer Stunde kreuzte der *Renault Primaquatre* auf der *Île de la Cité.*

Madeleine, Professor Bérnard's Haushälterin, empfing die Ankömmlinge mit einer aller nur erdenklichen Zuvorkommenheit.

„*Quelle surprise!*"* stieß *Madeleine* aus, als sie die Türe öffnete und das Fünfer-Gespann anwies, hereinzukommen.

„Das sind meine Tochter *Catherine* und ihr Mann *Paul d'Allemagne!*"

„*Quelle surprise, Monsieur!*" stieß sie zum zweiten Male aus.

Dann nahm sie die schweren Pelzmäntel in Empfang einschließlich derjenigen von *Catherine* — sie trug einen sündhaft teuren *Zobel* mit Kapuze — und *Paul*, dem *Deutschen* — er wartete auf mit einem langweiligen *Kaninchen.*

Auch in dieser Bewandtnis äußerte sich *Hélène's* ambivalente Haltung. Hatte sie doch damals in *Nîmes*, wann sie mit ihrem Gatten das Ehepaar von der *Isset* besuchte, *Madame Vakulenka* gegenüber ihre Tierliebe beschworen, wenn sie davon sprach, besser sei es, Zobel, Hermeline und so weiter in freier Wildbahn zu schießen, als die Tiere eingepfercht in Käfigen hochzuzüchten.

Aber selbst erfreute sie sich am Tragen kostspieliger Kürschner-Produkte aus den Fellen in Gefangenschaft gezogener Marder†, doch

---

*Welch Überraschung!
†Zobel, Nerz, Hermelin etc.

dem *Kaninchen* ihres seltsamen *Deutschen* sie nichts abgewinnen konnte, einfach geschmacklos, dachte sie nur.

Man machte es sich bequem im geheizten luxuriös ausgestatteten Salon. An den Wänden verkleinerte Reproduktionen von Bildern, welche den *Louvre* schmücken:

Théodore Géricault's (1791 bis 1824) »Le Radeau de la Méduse«

Raffaello Sanzio's da Urbino (1483 bis 1520)
*»Ritratto di dama con liocorno«**

Bernardo's von Palermo (1933 bis 2011) »Mona Lisa«
sowie sein Meisterwerk
»Rückenakt einer aus dem Wasser steigenden Nymphe«

Dazu auf getürmten Sockeln ebenfalls Miniatur-Nachbildungen *Griechischer* und *Römischer* Skulptur als auch ein Sammelsurium originaler *Marien*-Statuetten in Vitrinen, denn *Madonnen* waren des *Professors* Passion.

Der *Deutsche* war ganz baff, doch dachte, wie man bloß so töricht sein könne, sein Geld in nichtssagende Dinge zu stecken und meinte damit zuoberst die *Madonnen* hinter Glas. *Paul* bevorzugte schnelle Autos, schlechtes Essen und hie und da den Besuch eines vermeintlichen Edel-

---

Das Floß der Medusa
Portrait der Dame mit dem Einhorn (Einhorn steht für Christus, Dame für Maria);
Radierung »Eva Evequa« (1976) von Ernst Fuchs (1930 bis 2015) ist daran angelehnt

Bordells, von letzterem *Catherine* aber nichts wusste, das war gut oder vielleicht gerade nicht, denn dann hätte sie diesen *Komischen Heiligen*, zumindest hielt *Adélaïde* ihn für einen solchen, in die Wüste geschickt.

Unser *Professor* rätselte darüber, wie seine Tochter — abgesehen von *Hélène* — sein Ein und Alles — *Tu es tout pour moi* — eine solche Null von *Tolstoi's Pyotr* heiraten konnte, wo sie doch eine Schönheit repräsentierte, welche Ihresgleichen sucht:

Langes dichtes dunkles Haar, wulstige Schmetterlings-Lippen, die keiner Lippenstift gestützter Manipulation bedurften, tiefbraune leuchtende Augen, eine Bildhauer-gemeißelte Nase, sowie überhaupt Kopf und Leib dem Atelier eines Menschen-Skulpteurs entschlüpft zu sein schienen: wenn auch Halb-*Französin*, eine klassische *Russische* Schönheit!

Der *Deutsche* hingegen das diametrale Äquivalent[*], und das machte *Catherine* umso attraktiver, wenn die beiden gesellschaftlichen Verpflichtungen nachgingen und auf Soireen das Tanzbein schwangen. Der harte Kontrast zwischen der optischen Bedeutungslosigkeit jenes *Pyotr-doubles* und einer Prinzessin aus dem Bilderbuch eines Farben und Formen kreierenden *Modest Mussorgsky's*[†], eines Bildhauers der Harmonien und Töne, ließ des *Professors* leiblichen Liebling noch heller, bunter und zärtlicher erstrahlen wie er ohnehin schon strahlte: eine *Russische Madonna*!

---

[*]*entgegengesetzte Entsprechung*
[†]*Modest Petrowitsch Mussorgsky (1839 bis 1881), Russischer Komponist, bekanntestes Werk ist Klavier-Zyklus »Bilder einer Ausstellung« (1874), starb mit 42 Jahren an Alkoholsucht*

Dass sie den kaum der Worte wert seienden *Hans Wurst* geehelicht hatte, beweist wieder nur, mit welcher Irrationalität das Weib an sich beschlagen ist.

Hinsichtlich dessen kamen die Profile von *Hélène* und *Catherine* auf einen gemeinsamen Nenner. Mit einem Male vermochte der *King* zu fassen, dass *Hélène's* Untreue vor ihrem *Matrimonium* zwar dem Sündenpfuhl, in welchem sie sich aufgehalten hatte, geschuldet war, aber nichtsdestoweniger der alogischen Verblendung weiblicher Natur.

Die Fünfer-Bande nahm Platz auf einem Canapé, das von der erwähnten Reproduktion des *Medusischen* Floßes überfangen ward, als auch in *Barocken* mit blutfarbenem Samt beschlagenen Sesseln.

Es schneite.

Madeleine servierte den Tee.

Man besprach Organisatorisches: unser Triumvirat, i. e. der *King* und seine beiden Herzensdamen *Hélène & Adélaïde*, hatte vor, nach *Combourg* zu fahren, wo der *King* ihnen die mächtige Burg zeigen wollte, er seine frühe Kindheit verbracht, als er noch tote Katzen angebetet hatte.

„Ihr, *Catherine & Paul*, dürft hier bleiben solange bis wir wieder zurück sind, *Mademoiselle Madeleine* wird für alles Notwendige sorgen. Es gibt oben ein großes Schlafzimmer mit einem großen Bett, was ihr beziehen könnt, *Madeleine* wird alles herrichten. Außerdem, wenn ihr nicht auf Achse seid und nicht gerade im *Dôme des Invalides*, im *Louvre* oder irgendwo anders, steht euch meine Bibliothek zur Verfügung."

Kaum hatten seine Worte im Raume sich selbständig gemacht, als der *King* gezwungenermaßen die Frage sich stellte, was denn der *Deutsche* in seiner Bibliothek verloren hätte, wo dieser *Pyotr*-Verschnitt doch bloß für schnelle Automobile, schlechtes Essen und was wusste er noch sonst wofür, etwas übrig hatte.

Die Schönen Künste, das aufbauende Buch oder ein Opernbesuch gingen ihm ab.

Unsere *ménage à trois* machte vergeblich Anstalten, diesem Ersatz-*Pyotr* emotional sich zu nähern, doch *Paul* war ohne Esprit und Empathie, ohne Schwung und Dynamik, nicht der Erwähnung wert der Hohlraum in seinem Schädel, schlichtweg alles andere, nur nicht interessant!

Irgendwann aßen sie zu Abend. *Madeleine* hatte »*Königsberger Klopse*« mit Salzkartoffeln und Sauerkraut zubereitet, gerade weil ein *Deutscher* mit am Tische sitzen sollte, weshalb man *Deutsches* Bier dazu trank.

— Draußen lag hoher Schnee, den ganzen Nachmittag waren ohne Unterlass große Flocken vom Himmel getrudelt, und obgleich die Sonne bereits sich verkrochen hatte, sorgte der weiße Teppich im Verein mit den Lichtern der Laternen für eine Helle wie sie um jene Tageszeit gewöhnlich nicht üblich ist, alles in kristalliner Blendung! —

Danach saß man noch ein wenig beisammen, leerte den einen und anderen Schoppen, keine Reben exponierter Qualität, Schankweine eben.

So gegen dreiundzwanzig Uhr stellte Bettschwere allmählich sich ein und man suchte das Lager.

Tags darauf in der Früh nahm man ein *Spartanisches* Frühstück:

Käse-Omelette, Café, seiner mangelnden Konsistenz wegen schwarzem Tee zum Verwechseln ähnlich, und zum Schlusse *Cox Orange* und *Boskoop*.

Alexander Sergejewitsch

Unser *Professor* ließ das *Paradiesische* Obst stehen und schlich, während die anderen noch kauten, nach oben auf seine Stube, brach die *Spanische* Truhe auf, den Schlüssel hatte er ja in die Seine geworfen — wie es verliebte *Kölner* machten dreihundert Jahre zuvor, nachdem sie das Geländer der *Hohenzollern*-Brücke mit einem Liebesschloss verschönert — kramte mit klopfendem Herzen darinne herum und grabschte schließlich nach dem legendären Mantel sowie der zusammengerollten *Mona-Lisa*-Leinwand. Diese beiden Kostbarkeiten versenkte er dann blitzschnell in die dem Leser bekannte Reisetasche, und rannte damit wieder nach unten, wo er »*Frère Jacquez*« zu pfeifen begann und den Scheinheiligen spielte.

Adélaïde & Hélène wussten Bescheid!

Nach Anlegen der Kürschner-Werke wie *Wolf, Silberfuchs* und *Leopard*, folgte das übliche Procedere der Verabschiedung:

„*Madeleine*, wir kehren in etwa drei Wochen wieder heim, und geben Sie Acht auf meine Zöglinge, *Mademoiselle*!" riet der *King* mit von seiner wolfsbewehrten Schulter hängenden Geheimtasche sowie Vorfreude in seinem Gesichte, erwartend, was in *Combourg* an erbaulichen Dingen auf ihn zukäme.

Dann folgte hier ein Küsschen, dort ein Küsschen und so fort, *Catherine* aber hielt unser *Professor* lange und feste in seinen Armen, als wolle er sie nicht mehr hergeben und — ohne auch nur ein Sterbenswörtchen zu verlieren — mit imaginärer weinerlicher Stimme ihr verständlich zu machen, einerseits wie sehr er sie liebe und andererseits wie sehr er ihren *Paul* verabscheue.

Catherine hatte begriffen!

„Und dass ihr nicht wieder ausbüxt!" waren seine letzten an seinen geliebten Stern gerichteten Worte.

Sollten diese seine Worte tatsächlich die letzten sein, mit welchen er seine Tochter ermahnte?

Unsere Dreier-Bande pflanzte ihre Fellmützen auf, kämpfte sich in die Kälte und stapfte durch den hohen Schnee zu ihrem *Renault Primaquatre.*

Auf nach Combourg!

Erst gegen Mitternacht erreichten sie die sagenumwobene Burg in *Combourg*, denn es hatte wieder heftig geschneit, was den Straßenverkehr hie und da an den Rand des Erliegens brachte.

Der Klimawandel, welcher Gründe auch immer, ob Kohlendioxid oder Phase innerhalb kosmischer Zyklen, hatte gesorgt für den Anstieg der Meere und das Versinken der Küstenstädte im Wasser wie *New York*, *St. Petersburg* und *Brügge*, doch in der *Bretagne* kehrte alles sich ins Gegenteil. An manchen Wintertagen sank die Quecksilbersäule bis unter null, und das bescherte in jenem November Schnee in Hülle und Fülle, da der

---

[*]der Ort Combourg liegt im Département Ille-et-Vilaine, und nicht in Châteaubriant im Département Loire-Atlantique in der Region Pays de la Loire, wie in Vorgänger-Roman »Hélène Das Geheimnis der Falschen Mona Lisa« irrtümlicherweise dargestellt (S. 77)
a. — François-René de Chateaubriand (1768 bis 1848) war Schriftsteller & Politiker
b. — „Chateaubriand" ist großes Rindersteak
c. — Châteaubriant ist besagte Gemeinde etwa 100 km südlich von Combourg

Golfstrom, der einst für das milde Klima der *Bretagne* beigetragen hatte, anderen Läufen nun folgte.

Die Concierge war noch auf den Beinen, in Kenntnis gesetzt von *Mademoiselle Madeleine*, dass der *Professor* mit zwei reizenden Damen zu ihr stoßen würde, um ein paar vorweihnachtliche Tage zu verbringen.

Professor Bérnard war bekannt in ganz *Frankreich*, der *primus inter pares*[*] aller Musen-Direktoren, sozusagen ein bunter Kultur-Hund. Selbstverständlich dass die Verwalterin auf den Beinen sich noch hielt, lag an seiner Prominenz, doch nichtsdestoweniger krönte sein biographischer Eckstein, in jenem Kastell seine ersten Jahre verbracht zu haben, als Sahnehäubchen das Spätnochaufsein-Motiv: Prominenz, welche obendrein noch in jener Festung von Katzen-Schwärmerei und Fieberwahn gewohnet hatte.

Vor dem treppenbestuften gewaltigen Portikus brannten gelbe Laternen, die ihr zauberhaftes Licht auf die glitzerweiße Decke von Frau Holle warfen. Aber auch bezauberten die Weiß tragenden Koniferen und von winterlicher Patina umwundenen nackten Äste der übrigen Bäume im ausladenden Park von Burg *Combourg*.

Der Professor schnappte sich die Reliquien-Tasche mit *Puschkin*-Textil und *Sizilianischem* Öl, half seinen beiden Komplizinnen aus dem *Primaquatre* und erstieg mit denselben den majestätischen Stufenaufbau.

„*Ding ding dong! Ding ding dong! Sonnez les matines? Sonnez les matines?*"[†] sangen die Dreie unisono.

---

[*] *der Erste unter Seinesgleichen*
[†] *. . . Läuten Sie nicht zum Morgen-Gebet?*

Sarkastisch, wenn man bedenkt, dass noch nicht einmal Mitternacht, geschweige Morgen geschlagen hatte.

Mit diesem Singsang läutete unsere *ménage à trois* Sturm, als die Concierge einen der beiden riegelbewehrten Pforten-Flügel öffnete.

*„Quelle surprise, Monsieur le Professeur et Madame le Professeur et Madame la Parfumeuse! Entrez donc! Je vous attendais! Entrez s'il vous plaît"**

In der Eingangshalle lagen Perser, wie daheim bei unserem Gelehrten oder im Herren-Zimmer des wieder auferstandenen Monsters *Alessandro*.

Die Concierge bereitete ein knappes Mahl und führte die Herrschaften dann auf ihre Zimmer im Obergeschoss.

Tags darauf am späten Vormittag — unsere Herrschaften hatten nach der Kräfte raubenden Automobil-Reise Schlaf nachholen müssen — richtete die Concierge im Salon typisch *Französisches* Frühstück:

Durchsichtiger Café, Brötchen aus Luft mit ungenießbarer Marmelade und wenn es hochkommt, Orangensaft aus Konzentrat†.

Der *King* verdrückte gleich sieben Luftballons und bestellte die Jauchebrühe mit Decknamen Café dreimal nach.

Seine Damen waren entzückt von der frugalen‡ Morgen-Toilette, schließlich achteten sie auf ihre Linie, und da kam ihnen *Mariannes*§ Frühstück zu Pass.

Welch eine Überraschung! Welch eine Überraschung! Herr und Frau Professor und Frau des Parfums! Treten Sie ein! Ich habe Sie erwartet! Treten Sie bitte ein!
†*dem Saft wird das Wasser entzogen des Transportes wegen bspw. aus Übersee, zurück bleibt Fruchtpulver, dem man am Ankunftsort bspw. in Europa wieder Wasser zuführt*
‡*bescheiden (Begriff hat nichts zu tun mit „fruchtig" oder Ähnlichem)*
§*Französische National-Allegorie*

Alexander Sergejewitsch

Unsere Concierge, *Madame Léglise,* aus einer Seiten-Linie derer von *Chateaubriand,* hatte zuvor den Kamin angemacht und die Flammen züngelten gleich den Zungen giftiger Vipern.

Auch letzte Nacht war Schnee gefallen, draußen im Park kniehoch, so dass unsere Dreier-Bande nicht einmal hätten ihren *Renault Primaquatre* besteigen können.

Nach der frugalen Feier suchte der *King* die Bibliothek, schnappte sich *Chateaubriand's* »*Atala*«* und nahm Platz unmittelbar vor dem Feuer.

Adélaïde & Hélène machten sich frisch, kamen zurück und konversierten über den herrschaftlichen Glanz der Burg und selbstverständlich über Vater *René August de Chateaubriand,* der das im 12. Jahrhundert erbaute Kastell 1761 gekauft hatte, und seinen Sprössling *François-René de Chateaubriand,* ob denn dieselben attraktiv gewesen seien usw.

Irgendwann zog Abend ein, die Laternen im Park setzten in Szene das winterliche Panorama einer romantischen Welt, welche nicht viel anders war als diejenige vor fünfhundert Jahren.

Beim Blick aus dem Fenster meinte der *King, François-René de Chateaubriand's* Geist deutlich zu spüren, weil ähnlich wie die Profile *Hélène's* und *Catherine's* in dem Bottich weiblicher Irrationalität mündeten, verband den *King* mit dem großen *Bretonischen* Dichter die Romantik, und damit die subjektive Perspektive, aus welcher man die Welt betrachtet.

---

vgl. »La Liberté guidant le peuple« „Die Freiheit führt das Volk" von Eugène Delacroix (1798 bis 1863)
*Romantischer Roman um eine Halb-Indianerin, welche sich umbringt wegen des Nichteinhaltenkönnens des Keuchheits-Gelöbnisses ihrer Mutter gegenüber, da sie jemanden liebt

Der Herr Der Zedern oder Ritt Zum Jüngste Gericht

Und nun betrachtete er das weiße Wunderwerk dort draußen im Hof, zurückgekommen waren die Sterne, die er verloren, als seine *Botticellinische Venus* ihn hatte sitzen lassen. Zurückgesegelt kam seine *Santa Maria* in den Hafen von *Palos*, als hätte der nicht reparable Schiffbruch seiner *Karacke* vor der Küste *Hispaniola's* niemals sich ereignet, er grüßte *Königin Isabella I von Kastilien* und *König Ferdinand II von Aragón*, die Finanziers seines Seemann-Reisefiebers, er bat an seinen Kopf des Durchhaltens seiner Männer wegen, nachdem diese zu meutern begonnen hatten, da nach Monaten kein Land zu sehen war.[*] Er fühlte wieder kommen die Einsamkeit in seinem Herzen nach der Trennung von *Hélène*, die unerträglichen Alpträume, in denen er sich selbst träumte als *Christus* der Liebe, um kreuzgenagelt zu büßen für etwas, was er nicht fasste, Träume, in denen er *Hélène* begegnete, welche ihn abwies. Die verzweifelten Anstrengungen in sich erneut steigen, seine *Madonna* zurückzuerobern.

Er wusste, dass er und seine *Pygmalionische* Statue zusammengehörten wie Bildhauer und Werk.

Weshalb hatte sie ihm das angetan damals? Noch immer stellte er sich diese Frage, obgleich sie längst Mann & Frau waren.

Zwischendurch in wenigen Momenten spürte er wieder jenes Mühlrad kreisen, in Bächen voller Tränen, und dann überfiel ihn eine unsägliche Trauer über den Verlust eines Menschen, für welchen er einst tiefe Freundschaft empfand, die nach ihrer Trauung erneut aufgekeimt war

---

[*]*Columbus (1451 bis 1506) machte auf seiner ersten Reise (1492/93) seinen meuternden Männern das Angebot, ihn köpfen zu dürfen, falls kein Land bald zu sehen sei*

gleich der sterbenden Glut eines Feuers, das man mittels eines Blasebalgs ans Lodern wieder zu bringen vermag.

Obwohl mit *Hélène* durch das Sakrament der Ehe verbunden, trieb er bisweilen erneut auf dem *Medusischen* Floß mit ihr.

Tagsüber, wenn sie nicht im Salon sich aufhielten, nicht lasen oder Karten spielten, oder miteinander schwatzten, bauten sie Schneemänner im Park, welche so groß waren, dass *Hélène & Adélaïde* dahinter sich versteckten, der *King* in Unwissenheit vorbeidefilierte und alsbald den einen oder anderen Ball auszubaden hatte, worüber unsere beiden Kinder natürlich Riesenfreude entwickelten, den Chef der Runde, den Führer ihrer *ménage à trois*, nass zu machen. Der wolfsumworfene *Ritter* hatte Herz in seiner Brust, kein Sprössling von Verlegenheit, Missmut oder Einfaltspinselei, und brach dann ebenso in lautes Lachen aus.

Wunderbare Tage waren es, unsere Friedensreiter und Glücks-Beschwörer erlebten das, was man unter Leben versteht: kein Krieg, keine Feindschaft und keine Sorgen um Morgen! Nein! Das erste Perlen-Gebet eines Rosenkranzes der Freude löste ein, was zuvor ward versprochen: wieder geboren zu sein als Irdische Engel in einer bedauerlicherweise fast an Unwirklichkeit grenzenden Welt, da den meisten Menschen nicht zu helfen sei. Menschen, deren Lebensaufgabe darin bestehe, ihren Nachbarn es schwer zu machen, indem sie Fehde führen derer Vernichtung wegen. Menschen, die gefangen im Korsett scheinheiliger Konvention. Keine individuelle Freiheit! Keine Wildheit, wie dieselbe der *King* predigte, seinem Hengst die Sporen zu geben, um hinauszureiten in die Schwärze einer nicht enden wollenden Nacht.

Der Herr Der Zedern oder Ritt Zum Jüngste Gericht

Oft trieben sie sich in *Saint-Malo* herum, kehrten ein in *La Brasserie du Sillon*, wo der *King* mit *Hélène* damals übernachtet hatte, nach ihren *machine-de-Marly*-Spielen an der Kanalküste und seine *Madonna* unbedingt Rouge und Lippenstift aufzutragen begehrte, da sie meinte, auszusehen wie ein gefällter Baum ohne Ast und Blattwerk, was selbstverständlich einer misslungenen Autosuggestion* entsprach, einer Art Zurückgesetztseins in Betreff Attraktivität, was aber jeder Grundlage entbehrte, da der *King* immer wieder festzustellen gezwungen war, wie sehr *Hélène* ohne diesen ganzen Firlefanz aus dem Tuschkasten weiblicher Eitelkeiten überzeugte, eine Kombination aus *Brigitte Bardot*[†] und *Claudia Cardinale*[‡], genau so groß oder klein — wie man´s nimmt — wie jene Ikonen des Lichtspiels.

Der *King* liebte sie eben, was man nicht oft genug ins Feld zu führen vermag, eine Liebe, welche ihn vor vielen Jahren in tiefste Qualen seines Daseins versetzte, in ein Delirium niedergemähter Hoffnung, er fast seine Dozentur an der *Sorbonne* verlor, den Sessel des *Louvre-Direktors* beinahe hätte räumen müssen, weshalb der Dekan ihn einbestellte, um in Erfahrung zu bringen, worunter er litte, und er Rede und Antwort zu stehen hatte, und unter Tränen beichtete, unsterblich eine Frau zu lieben, welche der Untreue verfallen sei.

Ja, das manifestierte den einen der beiden *Feindlichen Brüder* in ihm, die *Depression*. Verzweiflung über das Leben, Verzweiflung über Verlust, wel-

---

*Einbildung
[†]*Brigitte Bardot, Französische Filmschauspielerin (* 1934)*
[‡]*Claudia Cardinale, Italienische Filmschauspielerin (* 1938)*

che nicht alleine *Hélène's* Fremdgehen geschuldet war, sondern überhaupt, seine Felle wegschwimmen zu sehen, da Zeit ihm das nahm, was er zuvor genossen, was er zuvor verehrt hatte. Freundschaften zerbrachen, Freundinnen und Freunde starben sowie der Horizont gezeichnet von melancholischer Gräue.

Wenn er traurig war, verformten sich seine Gesichtszüge zu einer mit Narben übersäten Epidermis.

Aber hier auf Burg *Combourg,* wo er einst Kadaver-Gehorsam übte, feierte er jetzt das Leben ein weiteres Mal, kehrte heraus den anderen der beiden *Feindlichen Brüder:* die *Manie.*

Hierher ward er gekommen mit seinen beiden Damen, *Kunigunde & Adelheid,* um aufzutanken, Energie in sich hineinfluten zu lassen.

Bérnard, Hélène & Adélaïde erklimmen das Attika-Geschoss

Es war spät in der Nacht, als der *King* aufwachte, ohne dessen sich bewusst zu sein, da er sein *somnambules* Hemd angelegte hatte, mit anderen Worten, schlafwandelte er so wie damals, als er hier die ersten Jahre verbracht hatte und *Monsieur Chateaubriand* begegnete.

Die Bettdecke riss er beiseite, zog über seinen Rock und suchte das Gemach seiner beiden Liebesdienerinnen, welche seelenruhig in einem gemeinsamen Bette schliefen, gleich Engeln in paradiesischen Gefilden.

Dann versuchte das *somnambule* Hemd, seine Engel wach zu rütteln.

Völlig schlaftrunken räkelte *Hélène*, streckte ihre Arme und rieb ihre Augen.

„Bist du wahnsinnig geworden, mitten in der Nacht mich wach zu kriegen?" machte *Hélène* empört sich Luft, nachdem sie zu sich gekommen.

Doch dem *King* ging dies ab, da in der Tat alle Geister ihn verlassen hatten, von *somnambuler* Bewegung eben.

Adélaïde zeigte kein Zeichen, lag dar in embryonaler Haltung und schien ihren Träumen verpflichtet, als sei nichts geschehen, der *King* nicht ans Bett gekommen, kein nächtlicher Sturm im Wasserglas, stattdessen ihre fesselnden Träume.

Sie träumte, dass sie bei Mondenschein mit *Martha*, ihrer weißen Stute, am Rande eines Abgrundes gestanden, und ihr Pferd, trotzdessen sie ihm die Sporen gegeben hatte, vor der Tiefe plötzlich haltgemacht und ihre Reiterin dadurch vor dem Sturz nach unten gerettet habe. Darauf blickte *Adelheid* hinauf zum Firmament, so wie der *King* auf ihrem gemeinsamen nächtlichen Ritt zu jenem geheimnisvollen *Spanischen* Maler, oben auf der zerfallenen Burg, der *King* am Ufer des gefrorenen Sees gestanden ward und *Hamlet* spielte:

„Blut dem Gegner!

Blut fließe aus des Gegners Herzen!"

dann die Sterne bewunderte und fasziniert in Staunen ausbrach.

Adélaïde wachte mit einem Male auf, schaute um sich im Zimmer, sah *Ritter Kunibert* im Halbdunklen am Himmel-Bette steh'n, war vollkommen verblüfft und blickte hinüber zur alten Wanduhr, welche in diesem Moment eine Stunde nach Mitternacht schlug.

„Was machst du denn hier um diese Zeit?" forderte sie den Anführer heraus.

„Ich will euch etwas zeigen, das euch den Atem nimmt!" flüsterte der Anführer.

Jetzt zerrte er seine Geliebten vom Lager, die ihre entblößten Leiber schleunigst in seidenleichte Gewänder vergruben und ließen von ihm ziehen, hinaus auf den Flur.

Im Treppenhaus brannten Kerzen und durch ein Fenster lugte die Sichel des Mondes.

Es war kühl und fröstelte.

So griff unser *Ritter* unseren barfüßigen *Walküren* um die Hüften, drückte sie und stapfte mit ihnen die Stufen hinauf ins Attika-Geschoß.

Bisweilen zog ein leichter Wind durchs Gemäuer und lehrte den Flammen der Kerzen das Fürchten.

Auf dem vorletzten Podeste machten sie halt und küssten leidenschaftlich. Dann taumelten die seidenleichten Gewänder zu Boden, und der *Minne*-Sänger griff seinen Gespielinnen in den Schritt, während sie leise aufstöhnten. Jetzt vergrub er seine Zunge, das eine Mal in *Hélène's* nasses Allerheiligstes, das andere Mal in *Adélaïde's*. Sie rieben und pressten ihre Leiber in sinnlicher Glut, fassten und vergaßen sich.

„Lasst uns nach oben gehen, dort liegen flauschige Teppiche!" animierte der *King*, vor Wollust verloren.

Der Herr Der Zedern oder Ritt Zum Jüngste Gericht

Überwältigt von heißem Begehren, schlüpften sie zurück in ihre Seidenleichtigkeit und schritten weiter auf, bis vor einer uralten Tür sie standen. Der *King* drückte die geschmiedete Klinke und öffnete, als ein Unheil verkündendes Knarren sie vernahmen, so als wenn Geister dahinter sich versteckten. Dann tippelten sie einen endlos langen Korridor hinunter, an den Wänden *Ewige Lichter*, ähnlich damals, wann der *King* in zartem Kindesalter eben hierhin sich verlaufen hatte.

In der Nähe einer geschnitzten Truhe, über welcher die Porträts derer hingen, die hier einst gewohnet hatten, warfen sie sich auf einen Perser und liebten im goldenen Geflacker der Lichter.

„Bitte, nimm mich!" bebettelte *Adélaïde* den *Minne-Ritter*, der ihr darauf zwischen die Beine fuhr und seine Lanze in ihr verschwinden ließ. *Adélaïde* wieherte wie ihre *Martha* am Abgrund und erklomm jetzt den Gipfel, während *Hélène* nackt daneben saß, schaute und masturbierte.

Schatten an der Wand
&
Prophezeiung eines alten Monsieur

Mit einem Male fegte ein kräftiger Luftzug durch den Korridor und die *Ewigen Lichter* erstarben, bis auf eines, was den in Leidenschaft entbrannten und nun wieder zu sich kommenden Liebenden noch ein spärliches Lichtlein übrigließ, so dass sie sich wieder anzukleiden vermochten.

Kauerten mit funkelnden Augen, wangenbenetzt mit Tränen wollüstigen Glückes, als aus der Ferne eine Stimme sie hörten, deren Amplitude *peu à peu* an Höhe gewann. Es war ihnen, jemand käme stetig auf sie zu. *Adélaïde & Hélène* robbten eng aneinand´, der *King* blieb standhaft, in Erwartung, was da sei. Unser Triumvirat erschrak aufs Heftigste:

Auf der Wand gegenüber, wo das Ahnenportrait eines der Burgherren hing, zeichnete der Schatten einer Person sich ab, welche selbst nicht auszumachen. Erneut rauschte der Wind durchs Gemäuer und hätte das letzte noch verbleibende Lichtlein in die Knie gezwungen, wenn der Luftzug nicht plötzlich gedreht.

„Habt keine Angst, meine Kinder! Ich verbrachte meine Kindheit hier in diesem Schlosse ebenso wie Ihr es einst tat, Ritter der Minne! Zu Diensten werde ich Euch sein, sofern Euch nach mir dünkt und Ihr Gebrauche machen wollt von meiner versprochenen Gewähr des Beistandes!"

Doch sahen sie nur den Schatten und vernahmen nur diese Stimme.

„Habt keine Angst, meine Kinder! Ich tue euch nichts! Friedlich sind meine Absichten! Ich werde euch vor einen Spiegel jetzt führen, kommt mit!" beforderte die Stimme unsere *ménage à trois*.

Dann hörten sie, als wenn ein langes Gewand über den Boden schleift, folgten dem unsichtbaren Gewand, und dunkler und dunkler wurde es. Irgendwann hörten sie das Quietschen einer Tür.

„Kommt, Kinder der Nacht! Kommt!"

Sie betraten einen von drei Kerzen beleuchteten Saal, deren Licht kräftig genug war, um einen großen freistehenden Spiegel erkennen zu können. Darauf spürten sie eine Hand, welche sie packte und vor den mächtigen Spiegel zerrte.

„Seht in diesen Spiegel!" befahl der Schatten unserer Verschworenen-Gemeinschaft. „Ich weiß, dass ihr nicht seid von dieser Welt!"

Unsere Friedensreiter und Liebeshungrigen erschraken aufs Neue, als der *King* sich erkundigte:

„Weshalb, *Edler Herr*?"

„Schauet in den Spiegel! Der Spiegel wird Euch Antwort sein!"

Dann schauten sie in den Spiegel und erschraken ein drittes Mal! Was sie sahen, waren nicht sie selbst, sondern drei ihnen befremdlich dünkende Personen.

Hélène's Bild enttarnte sich als eine Frau in »*Kleinem Schwarzen*« mit Schleier-*Charleston*-Feder-Hütchen, Stiefeln und roten Rosen:

Natalia Domina, das *Lisa*-Modell des *Sizilianers Bernardo von Palermo*!

Adélaïde sah sich in safranrotem Seidenkleid, das im Schritte ausgespart war, dass sie einen Blick auf ihr eigenes Geschlecht hatte:

Adélaïde de Lamour, die Hellseherin!

Und unser *King* betrachtete sich als Maler mit Pinsel und Palette:

Bernardo von Palermo selbst!

Unserem Trio ward unheimlich!

„Seht Ihr, wer Ihr seid?"

Die Spiegelbilder weckten in ihnen Furcht und ungestüme Jenseits-Wallungen.

„*Edler Herr, Edler Herr*!" wandte der *King* an den Schatten sich.

„Träumen wir oder ist es Wirklichkeit, was wir erblicken?" versuchte er zu ergründen das imaginäre Ereignis, wobei *Adélaïde & Hélène* noch enger einander pressten, mit einem Gefühl, gespeist von einer Mischung aus behäbigem Respekt und einschnürender Angst.

„Nein, *Ritter*, was Ihr seht, ist die Wahrheit, nichts als die reine Wahrheit! Es sind die Spiegelbilder einer untergegangenen Welt, Spiegelbilder untergegangenen Lebens, Spiegelbilder des Schicksals derer, welche gestrandet sind an den Stränden der nimmer Sterben-Könnenden, an den Stränden der Untoten! Dort gibt es keine Skelette und keine Gräber! Keine Kränze, keine tote Rosen auf frisch gepflügten Äckern! Nur unüberwindbare Mauern des Schreckens, hinter denen *Golgatha*! Unerreichbar fern, fernab jeglicher Zivilisation! Fernab der Hoffnungen derer, die meinen, für ein vermeintliches Vaterland gestorben zu sein, obgleich sie nicht sterben können! Fernab von *Rom*!"

Plötzlich wurde ihnen bewusst, wer sie waren, aus dem Reich der Untoten zu sein, jener nebulösen Loge, welcher auch das Masken-Monster angehörte, denn dasselbe war ja wieder aufgetaucht in der Werkstatt von *Doktor Faustus*, der *Adélaïde* ans Sprechen wieder gebracht, diesem seltsamen Phantom namens *Alessandro* die Fresse poliert und anschließend dessen linkes Auge zuzüglich Zunge und Zähne in einen Kasten verfrachtet hatte, der jetzt eine der Wände in seinem Atelier schmückte, eine Art verglaste Trophäen-Schatulle.

„Nein, *Edler Herr*! Nein!" bebettelte der *King* den Schatten. „Wir wollen nicht ewig leben wie die *Ewigen Flammen* auf sämtlichen *Mars*feldern dieser Erde! Wir möchten nicht ein drittes, viertes, fünftes Leben leben! Wir möchten frei sein, *Edler Herr*!"

Der Herr Der Zedern oder Ritt Zum Jüngste Gericht

„Wenn Ihr frei sein wollt, müsst Ihr drei Dinge tun, aber nicht wie damals in *Sankt Petersburg*, der Stadt der Gefallenen und Geächteten, auf deren Knochen jener Juwel erbaut ist, der Stadt der Architekten, Dichter und Künstler. Die *Europäischste* aller Städte überhaupt! Die Glorie *Russlands*! Die Glorie *Frankreichs*! Die Glorie *Italiens*! Nicht vor der *Kasaner Madonna* drei Kerzen entzünden, nicht vor dem Reiter-Denkmal *Peters des Großen* rote Rosen niederlegen und kein Gelübde sprechen vor den Gebeinen *Nikolaus II* und seiner Familie in der *Kathedrale* auf der *Haseninsel**, wie die Kartenlegerin im *Puschkin*-Haus von Euch verlangt hatte."

„Was müssen wir tun, *Edler Herr*?" drang der *King* auf den Schatten ein.

„Ich weiß, dass Ihr im Besitze des weltweit begehrten *Puschkin*-Mantels seid, den Ihr dem Masken-Monster entrissen habt. Jener Mantel ist das Pfand Eures Glückes, die Fahrkarte aus der Hölle, das *non-plus-ultra* der Reise ans Licht. Die *Petersburger* Zauberkünstlerin schenkte Euch den Mantel, dass er Euch und Eure *Natalia* beschirme, beschütze vor Unheil, aber Euch Unglück brächte, falls Ihr das Kleidungsstück verlöret. Ist es nicht so gewesen, *Lanzenschwinger*, *Rotwildjäger* und *Königsdiener*? Sprich, wenn Ihr frei sein wollt!"

„Ja, *Edler Herr*, so ist's gewesen! Irgendwer überfiel mich und türmte davon mit dieser kostbaren Reliquie, die mir und meiner *Großen Liebe* das Leben kosten sollte", jammerte der *King*, welcher bloß noch ein Häufchen Elend war.

**Insel in der Newa, dort Festungs-Anlage aus frühem 18. Jhd. u. Peter-Paul-Kirche*

„Ferner weiß ich, dass Ihr im Besitze der zweiten kostbaren Reliquie seid, der originären »*Mona Lisa*« des *Bernardo von Palermo*, der echten falschen »*Mona Lisa*«, ist es nicht Wahrheit? Sprich!" kommandierte der Schatten.

„Ja, *Edler Herr*, ich besitze die echte falsche »*Mona Lisa*«!" beichtete das Häufchen Elend.

„Ihr wisst, dass dies ein Sakrileg ist, ich meine die Tat, das Bild unter Verschluss zu halten! Das Bild gehört dem *Louvre*, seinem Publikum, der ganzen Welt! Wenn öffentlich wird, Ihr das Portrait Euer Eigen behauptet, kann Euch das Kopf und Kragen kosten, den Direktoren-Sessel als auch Euren Lehrauftrag an der von Euch so geliebten *Sorbonne*!"

Der zu einem Zwerg geschrumpfte *King* wurde weiß wie die Wand.

„Die Professoren *Vakulenko* und *Stroganovich* hätten nicht einmal Euer Restauratoren-Studio aufsuchen müssen, geschweige Kommissar *Le Trou*, was sie zum Glück nicht taten, um alles auffliegen zu lassen. Denn wie Ihr seht, bin ich Mitglied Eurer Mitwisserschaft, nicht alleine Ihr und Eure beiden Gespielinnen wissen mehr als genug, sondern auch ich weiß weit mehr als *nur* genug!" beängstigte die Stimme den *Vollard-Suite*-Verehrer und Musen-*Casanova*.

„Was verlangt Ihr, *Edler Herr*? Sie sprachen von *drei* Dingen, *Edler Herr*, die wir zu erledigen hätten, um die Luft der Freiheit zu atmen! Was ist es, *Edler Herr*?"

„Nun `mal nicht so pathetisch, *Rotwildjäger*! Was für ein Rotwild jagt Ihr überhaupt?"

„Den Edelhirsch, *mein Herr*!"

„So, so, den Edelhirsch! Ich verstehe, den Edelhirsch, den edelsten aller Hirsche, den König der Wälder! Dabei seid Ihr doch selbst ein Hirsch, der blutet, weil eine Jägerin Euch angeschossen hat, und diese Jägerin ist Eure heiß geliebte *Hélène*, nicht wahr? Sprich!"

„Ja, *Edler Herr*, ich jage mich selbst, obgleich *Hélène* ich die Schuld gebe!"

„Dann passt 'mal auf, dass Ihr aus Euch selbst kein Ragout macht!" kommentierte der Schatten sarkastisch, als der *Professor* erkannte, sich selbst zu verfolgen, ohne zu wollen.

Mochte das der Mühlstein sein, der ihm um den Hals gehangen ward und aus seinem Leben einen Misthaufen gemacht hatte?

„Welche *drei* Dinge habe ich oder wir denn zu tun, um Erlösung zu finden, *Edler Herr*?" bedrängte der *Ritter* den Schatten.

„Gehet hinunter in den Salon, legt vorher Euren *Puschkin*-Mantel an und grabscht Euch die *Lisa*-Leinwand! Ich weiß, dass Ihr beide Reliquien in Eure große Reisetasche verstaut habt, wie damals, die Dessous in *Pariser-Blau*, *Indisch-Rot* und *Neapel-Gelb*, ganz zu schweigen von den albernen *Commedia dell'arte*-Masken, bevor Ihr aufbracht nach *Allemagne* ins *Feen-Hotel*, um Euch lüsternen Schweinereien hinzugeben mit Euren beiden *sapphischen* Komplizinnen! Ist es nicht so, *Lanzenschwinger*? *Lanzenschwinger*, dass ich nicht lache! Ich enthalte mich jeden weiteren Kommentars! Also: *Puschkin* anziehen, »*Mona Lisa*« auspacken und den Kamin im Salon aufsuchen!" befahl der Schatten.

„Wofür, *Edler Herr*?" drang der gefallene *King* konsterniert auf den Schatten ein.

„Ganz einfach! Ihr müsst die falsche »*Mona Lisa*« den Flammen über-
geben, mit anderen Worten *verbrennen*! Ihr seid doch im Bilde, nicht
wahr? Befreien müsst Ihr Euch von Eurem Zwange der Götzen-
Anbetung, Eurem Fetisch nicht geweihter Liebe, gleich einer *säkularen
Ikonen*-Hehlerei! Ihr seid doch im Bilde, nicht wahr? *Stalingrad*-Veteran
Oberst Hans Walter, auch *Sir Walter* genannt, warf seinen Revolver ins
Feuer! Bei Ihnen, Gnädige Frau, *Madame Hélène*, um sich loszueisen von
seiner infantilen Besessenheit von Führertümelei und Siegesmärschen-
Einerlei. Dieser *Oberst* hatte den Krieg geliebt, wurde aber sein Opfer,
das heißt *wahnsinnig*, bevor er versehentlich sich selbst umbrachte mit
seiner — ach, wie heißt diese Waffe nochmal? — ach ja, mit seiner *Awtomat Kalaschnikowa Modernisirowannyj.* Sie erinnern sich, nicht wahr? Oder
sein *Eulenspiegel*-Auftritt in der *Rasputin*-Kapelle auf *Schloss Natalia*, als es
darum ging, diese Inkontinenz dem *Muschik** zu opfern, ähnlich einer
Szene aus einem Stück von *Molière*†. Oder denken Sie an *Adélaïde de Lamour*, welche ihr Höschen im Kamine verschwinden ließ, auf *Haus Zauberhaft*‡ in den *Walliser Alpen*, der Befreiung von ihrer manischen Geilheit
wegen! So müsst auch Ihr die falsche »*Mona Lisa*« verbrennen, der er-
folgversprechenden Flucht *Eures* und *Eurer* beiden Weiber inneren Ker-
kers wegen! Ihr werdet diese mit Blut und Leiden besudelte Leinwand
verheizen!" beweissagte der Schatten.

„Nein! Niemals, *Edler Herr*! Das bringe ich nicht übers Herz, meine

---

**leibeigener Bauer (russ.), einer der Spitznamen Rasputins (1869 bis 1916)*
†*Französischer Dramatiker u. Schauspieler (1622 bis 1673)*
‡*fiktives Ferienhaus Bernardos von Palermo in Le Châble in Walliser Alpen*

geliebte »*Mona Lisa*« zu verbrennen! Nein, das kann ich nicht, *Edler Herr*!" insistierte der *Professor* mit der ganzen Vehemenz seines inneren Strebens.

Adélaïde & Hélène schauten dumm aus der Wäsche, nicht ahnend, weswegen einer solch absurden Tat, ein Meisterwerk vernichten, an welchem alle Welt hing und das alle Welt verehrte wie eine zu Leinwand und Öl gewordenen Göttin.

„Wenn Ihr Euch meinen Ratschlägen widersetzt, werdet statt des Gemäldes *Ihr* vernichtet!" befehligte der Schatten.

Jetzt war allen Dreien klar, dass es nur diesen einen Weg gab aus ihrem irdischen Gefängnis, *Platon's* Höhle zu verlassen, damit ans Licht der Sonne zu gelangen.

„Befolgt meine Anweisungen und kommt morgen Nacht um die gleiche Zeit wieder! Dann werdet Ihr das »*Dritte*« tun!" mahnte der Schatten und an der Wand waren bloß noch schwerlich identifizierbare Umrisse auszumachen.

Aufgelöst verließen sie den Saal mit dem Spiegel, trotteten entlang den düsteren Flur, vorbei an der geschnitzten Truhe, wo sie sich geliebt hatten, das eine *Ewige Licht* brannte, und nahmen die Stufen hinab zu ihren Zimmern. Doch statt in ihre Betten zu steigen, streiften *Adélaïde & Hélène* ihre Pelze über und suchten den Salon, als im Kamine letzte Glut noch leuchtete.

Unser *King* kramte in seiner Reisetasche, warf sich in den *Puschkin*-Mantel, darüber seinen *Wolf*, schnappte sich die *Lisa*-Leinwand und stieß zu seinen beiden Gefährtinnen, welche seelenruhig, ohne ein Wort zu verlieren, in irgendwelchen Sesseln an der Esse saßen und Trübsal bliesen.

Hier war es fast genauso finster wie oben auf dem geheimnisvollen Flur. Ähnlich wie dort lediglich das eine *Ewige Licht* wenig Helle spendete, sorgte die glimmende Glut für das gerade soeben Wahrnehmbare:

Gesichter ohne Binnenzeichnung!

Grundriss und Aufriss und Kreuzriss!

Lichtreflexe, die wanderten von Wand zu Wand, und Sterne, welche durch die hohen Fenster schielten!

Was unsere beiden Jenseits-Prinzessinnen von *Ritter Kunibert* ausmachen konnten, waren die Kristalle eines Kaleidoskops aus Wölfen, Leinwänden und Erlösung versprechenden Mänteln.

Es war der *King,* ihr Anführer, der Revolutionär der Entrechteten und Entmachteten, da auf Erden ewig zu bleiben sie verurteilt sind.

Anhalten das Hamsterrad der Mühle, hatte er vorgenommen, nicht bloß eigenen Schicksales Schmied zu sein, sondern stark sich zu machen auch für *Kunigunde,* seine *Hélène,* sowie Adelheid, ihre *Adélaïde Delacroix.* Zu durchbrechen den *Ring des Nibelungen,* überwinden Gold, Reichtum und Macht, besiegen den ewigen Tod aller Nichtsterben-Könnenden, die *Walküren* zu kommandieren, die edlen Gefallenen zu holen, um schließlich heimzukehren in Begleitung *Richard Wagners*[*] und tönender Fanfaren!

Jetzt nahm der *King* ein paar Hölzer und warf sie in die Glut. Dann griff er nach dem Blasebalg und fachte ordentlich Sauerstoff zu. Sofort loderte eine Flamme auf und ein Feuer sollte in Szene setzen, wovon die

---

[*]*Richard Wagner (Leipzig 1813 bis Venedig 1883), deutscher Komponist*

Der Herr Der Zedern oder Ritt Zum Jüngste Gericht

Welt draußen keine Notiz nehmen durfte, da die Welt glaubte an die »*Bernardo-Mona-Lisa*« im *Louvre*, allerdings eine lausige Kopie aus den Händen jenes *Tokajer*-Affen namens *Claudio* von der Brechungs-Index-Akademie.

Adélaïde & Hélène wussten, was ihnen bevor nun stand, rückten ihre Sessel beieinand' und nahmen an die Hand.

vanitas, vanitatis, femininum

vanitas, vanitatis, maskulinum

vanitas, vanitatis, neutrum

So hieß die Zauberformel, welche seinem Munde entfloh, bevor er die Leinwand ausrollte gleich einem Botschaften verkündenden Kurier, des Vortrags wegen an den König. Aber waren es keine Worte! Nein! Ein Bild war es, die wahrhaftige »*Mona Lisa*« des *Bernardo von Palermo*, das Porträt, welches der *King* selbst vor dreihundert Jahren auf *Haus Zauberhaft* in der *Französischen Schweiz* gemalt hatte.

Andächtig blickte das *sapphische* Paar ins wiedererwachende Feuer, währenddessen es zu weinen anfing.

Eine Träne nach der anderen bescherte den Sesseln ihre Aufwartung.

Leises Schluchzen durchwühlte die Stille, als der wolfsumworfene *Ritter* das Bild ins Feuer warf.

Blitzschnell machten die Flammen darüber sich her! Es knisterte und zischte und ein Gerüchte-Cocktail aus verbrannter Ölfarbe und Leinwand eroberte den Salon.

Der *King* kniete mit gefalteten Händen neben dem Feuer und betete ein dreifaches »*Ave Maria*«, aber die Tränen wollten nicht enden!

Es brannte und brannte und brannte bis irgendwann nichts mehr brannte außer ihrer gemeinsamen Sehnsucht nach Liebe und Freiheit.

Zurück blieb ein Häufchen nichtssagender Asche, in welcher ein wenig Glut noch hielt.

Allmählich erkletterte die Sonne das Firmament!

Rosa Licht drang durch ein Butzen-Glas und umtänzelte den von Asche umzingelten Rest von Röte.

Dann schwang man auf, suchte sein Zimmer und fiel in tiefen Schlaf.

Am folgenden Nachmittag — Tauwetter hatte eingesetzt, so dass sie ihren *Renault Primaquatre* nehmen konnten — liefen sie in *Saint-Malo* erneut herum.

Haushohe Brecher überfluteten die Promenade!

Das Grabmal dessen, der in der Burg seine Jugendjahre verbracht hatte, *François-René de Chateaubriand*, sein Grabmal auf der *Grand Bé*[*] nahm sich aus als winziger Punkt am Horizont, darüber dunkle Wolken flohen.

Abends kehrten sie heim.

Die Concierge hatte eine *Bouillabaisse*[†] vorbereitet, dazu trank man einen *Château Fontvert Mourre Blanc*, Wein, den man zu Jakobs-Muscheln[‡] und Krustentieren[§], auch zu weißem Fleisch[*] genießt, daher passend.

---

[*]*Saint-Malo vorgelagerte Insel, wo René de Chateaubriand (1768 bis 1848) begraben ist, bei Ebbe vom Festland zu Fuß erreichbar*
[†]*Fischsuppe*
[‡]*Coquilles Saint-Jacques*
[§]*crustacés*

Der Herr Der Zedern oder Ritt Zum Jüngste Gericht

Bevor unser Jenseits-Gespann sein Lager suchte, wärmte man sich am flammenden Kamin und traf Vorkehrung für die kommende Nacht, wenn es galt, das »Dritte« zu tun, um schließlich dem ewigen Kreislauf von Tod und Wiedergeburt zu entrinnen.

Die Burguhr schlug eine Stunde nach Mitternacht und unsere *ménage à trois* sammelte sich — *Wolf, Fuchs* und *Leopard* — vor der alten schweren Tür im Attika-Geschoss, hinter welcher der endlos lange Korridor wartete. Der *King* drückte die Klinke, und dann liefen sie auch schon den gähnenden Flur entlang. Dieses Mal brannten alle *Ewigen Lichter!* Kein Windzug! Nun konnten sie die Ahnen-Portraits deutlich erkennen: hier ein *Monsieur* mit Perücke und in Harnisch, der ihnen einen grimmigen Blick zuwarf; dort eine *Madame* in ausladendem *Viktorianischem* Kostüm mit schleierbehangenem Hut und *Spanischem* Fächer, die ihnen freundlich gesinnt zu sein schien; und dann ein *Monsieur* mit langen Locken und Schnurrbart, der mit einem Male zu Leben erwachte und unsere Lilien- und Rosenkinder anlächelte, als wenn er ihnen etwas mitzuteilen hätte.

Irgendwann erreichten sie den Eingang zum Saal mit dem Spiegel, darin die Rollen ihres verblichenen Lebens sie letzte Nacht gesehen hatten: der *King* als Maler *Bernardo von Palermo, Hélène* als des Malers Modell *Natalia* und *Adélaïde Delacroix* als *Adélaïde de Lamour.*

Während sie ein weiteres Mal davorstanden, vor der kristallenen Silberfläche, um ihr altes Leben zu betrachten, erschraken sie, denn auf der Wand gegenüber, im spärlichen Lichte weniger Kerzen, zeichnete jener mysteriöse Schatten sich wieder ab:

---

*viandes blanches

„*Habt keine Angst, meine Kinder! Ich verbrachte meine Kindheit hier in diesem Schlosse ebenso wie Ihr es einst tat, Ritter der Minne! Zu Diensten werde ich Euch sein, sofern Euch nach mir dünkt und Ihr Gebrauche machen wollt von meiner versprochenen Gewähr des Beistandes!*"

„Ja, *Edler Herr*, das wollen wir, ich und meine *Hélène* und unsere *Adélaïde!* Sie sagten uns letzte Nacht, wir hätten ein »*Drittes*« zu tun, was ist es, *Edler Herr?*"

„Knieet nieder und schwört im Beisein unserer *Lieben Frau*, dass Ihr bereuet Eure Sünden!" befehligte der Schatten.

Im Schein der jungfräulichen Lichter gingen sie auf die Knie und beichteten vor ihren dreihundert Jahre alten Spiegelbildern ihre Sünden:

Der *King*, dass er Gericht gehalten habe über seine alles geliebte Frau, obgleich er selbst im Glashaus gesessen; *Hélène*, ihren Mann »*belogen und betrogen*« und *Adélaïde*, Unzucht getrieben.

Dass unsere Lilien- und Rosenkinder es miteinander taten, gestattete der Schatten, da sie einander liebten wie das Pech und der Schwefel, mit denen *Medusische* Flöße versiegelt und auf die Meere hinausführen.

Nach den letzten Worten aus *Adélaïde's* schönem Munde verfiel der Schatten zu Staub, die asynchronen Spiegelbilder verschwanden und anstelle derer erblickten sie ihre eigentlichen: der *King* wie der *King*, stolz und wolfsumworfen, *Hélène* wie *Hélène* in *Silberfuchs* und *Adélaïde Delacroix* wie *Adélaïde Delacroix* in *Leopard*.

Der Herr Der Zedern oder Ritt Zum Jüngste Gericht

Sie waren erlöst !

Erlöst vom Fluch der Hölle !

Um den Hals fielen sie einand´ und sangen das Lied an die Freud´!
Tanzten einen Reigen und fielen erneut um den Hals !

Darauf liefen sie den Korridor hinunter, rannten die Treppe herab, sprangen zu dritt
ins große Bett von Adélaïde & Hélène und schliefen, bis der Morgen sie ereilte . . .

Der Krieg war vorüber und am Horizont stiegen die letzten

Rauchwolken einer großen Schlacht in den Himmel !

— fin —

Alexander Sergejewitsch